Anne of Green Gables

清秀佳人

親子圖文本

童心與夢幻的世界

《清秀佳人》是由加拿大女作家露西．莫德．蒙哥馬利，自一九〇四年開始，花費兩年時間創作完成的小說。於一九〇八年出版後，隨即成為當年的暢銷書！

為什麼《清秀佳人》會這麼吸引人呢？

一來，小說背景是以作者生長環境為藍圖，可以從文字裡看見加拿大愛德華王子島的大自然風光。

二來，故事生動、溫馨。女主角安妮不僅有著一臉雀斑、經常為一頭如火焰般的紅髮煩惱，還命運坎坷——從小父母雙亡、輾轉借住鄰居家當保母，最後被送到孤兒院……但是，她並沒有被種種困境擊倒，反而保持旺盛的好奇心、無盡的想像力以及懂得修正錯誤，替生活無趣的馬修兄妹帶來歡樂，也為保守的鄉村注入一股清新生氣。

或許就是安妮不向命運低頭的勇氣，以及獨特的幻想力，讓《清秀佳人》成為世界文壇公認的文學經典，擁有超過五十多國語言譯本和締造出連續發行五千多萬冊的紀錄。並且在加拿大和歐美成為家喻戶曉、歷經百年不衰的小說。

在這本重新編修的小說裡，收錄了安妮成長時的經歷，以及穿插了和劇情有關的插圖，相信你一定能從圖文並茂的故事中，再一次愛上這個充滿人性的可愛女孩。

現在，就讓我們拿起書，進入安妮的童心與夢幻世界吧！

人物介紹

瑪麗拉・卡斯巴特

外表嚴肅卻心地善良，因為對安妮期望很高，所以對她嚴格管教。

馬修・卡斯巴特

沉默寡言、處處小心，是個內向、謹慎、富同情心的好好先生，很寵愛安妮，認為誇獎和鼓勵比管教更有效果。

安・雪莉

年約十一歲，從小父母雙亡，有著一頭紅髮、滿臉雀斑，是個喋喋不休又充滿好奇心與想像力的女孩。

黛安娜・巴里

文靜、乖巧、善良，是安妮最要好的朋友。

基爾伯特・布萊斯

安妮的同班同學，是有名的搗蛋王，因取笑安妮的紅頭髮，而造成兩人之間的心結。

斯文薩夫人

誤將安妮介紹到綠屋，才讓安妮成為瑪麗拉和馬修的養女。

林德夫人

心直口快、愛管閒事，而且熱心公益。

目錄

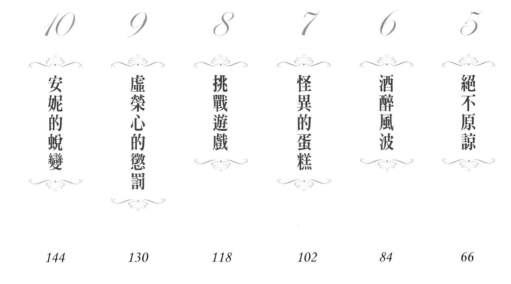

1 大吃一驚

在艾凡里，任誰都逃不過林德夫人那一雙眼睛，就連通過她家門前的小河都不敢太過喧譁，變得乖順又平靜。

林德夫人經常坐在窗前，注視著外面的世界。如果有奇怪的事情發生，她就非要弄清楚不可。

六月初的一個下午，她看見原本應該和她丈夫——湯瑪斯．林德一樣種著蕪菁的馬修．卡斯巴特，居然穿著禮服，趕著馬車，穿越窪地，離開艾凡里！

馬修．卡斯巴特究竟要去哪裡？去做什麼呢？

若是換了別人，林德夫人的腦袋只要稍微轉一下，就能輕鬆找到答案。但是，馬修的個性內向，最討厭和陌生人碰面，因此她絞盡腦汁、苦思許久，也想不出馬修離開村子的原因。

為了消除滿肚子的疑問，林德夫人一喝完下午茶，便立刻動身前往卡斯巴特兄妹居住的綠屋。

林德夫人沿著一條坑坑窪窪、兩旁長滿野薔薇的小路走，一邊走一邊自言自語著：「整天面對著樹木，又不出門，馬修和瑪麗拉一定會變成怪人。」

話剛說完，林德夫人已經走到綠屋後院。

院子裡綠意盎然，收拾得非常整潔。林德夫人用力敲了敲廚房的門，伴隨著一聲「請進」，她邁步進入一塵不染的廚房。

生來就很勤快的瑪麗拉，坐在爬滿常春藤的東邊窗戶旁，一邊織著東西，一邊沐浴著夕陽。

林德夫人隨手關上門的時候，瞥了一眼桌子，上面擺著點心和三個碟子，看來馬修是出門去接客人了。

「瑪麗拉，我剛才看見馬修趕著馬車出門，是誰生病了要請大夫嗎？」林德夫人開門見山的問。

「我們想從孤兒院領養一個男孩，他搭的火車今晚就會到。」

「什麼？」林德夫人聽了大吃一驚，愣了半天都說不出話來。

「這是真的嗎？」一回過神來，林德夫人就趕緊追問。

「當然是真的。只不過是從孤兒院領養一個男孩，沒必要這麼大驚小怪吧？」

「你們怎麼會異想天開，想領養孤兒呢？」林德夫人責備的說。心想，至少也要跟我商量才對嘛！

「怎麼會是異想天開呢？我們很早就開始考慮這件事了。哥哥都六十歲了，他心臟不好，體力也無法負荷農地裡的工作，所以才會想領養一個男孩來幫忙。因此趁斯文薩夫人領養女孩時，我們便託她幫忙領養一個。」

「我認為領養一個來歷不明的孩子很危險。上星期報紙登了一則新聞，西邊有對夫婦領養了一個男孩，那孩子竟然在半夜放火，差點燒死他們；我還聽說，有個被領養的女孩在井裡下毒……。」林德夫人毫不客氣的說。

「你說的也沒錯，但馬修不管怎樣都要領養。」

「總之，我認為你們應該慎重考慮一下。」

本來，林德夫人想等馬修帶孤兒回來後再走，但她估計還要再等兩個小時。與其坐等他們回來，還不如到羅伯特．貝爾家去嘮叨這件事更有意思。她平常就是個唯恐天下不亂的人，一想到這個消息一定會引起大轟動，便決定起身告辭。

這時，瑪麗拉雖然鬆了一口氣，可是回想起林德夫人剛才說的話，一股不安感還是悄悄湧上心頭。

另一頭，馬修正愉快的趕著馬車前往布萊特河。對於即將有個小男孩到家裡幫忙農務，他的心裡充滿著期待。

不過，在路上遇到女士需要打招呼這件事，讓馬修有點心煩，因為按照愛德華王子島當地的習慣，只要路上遇到人都需要打招呼，但對馬修來說，除了林德夫人和瑪麗拉外，其他女人都讓他感到畏懼。因為他對自己的長相沒信心，他有長長的鐵灰色頭髮和稀稀鬆鬆的絡腮鬍，是從二十歲開始留的。基本上，二十歲的他和現在的他，在相貌上並沒有太大的改變，差別只是年輕時沒有白髮。

抵達布萊特河後，馬修沒有看見火車，他想，一定是來得太早了。

長長的月臺上一個人影也沒有，只看見對面盡頭處的鵝卵石堆上，有個女孩孤伶伶的坐著。

馬修確認眼前是個女孩後，便繼續往前走，完全沒有留意到女孩緊張卻又充滿期待的表情。

「請問，五點半的火車到了沒？」一看見售票室的門已經上鎖，馬修急忙上前詢問準備回去吃晚飯的站長。

「那班火車三十分鐘前就已經抵達，也開走了。不過，好像有一位府上的客人，就是坐在鵝卵石堆上的那個小女孩。」

「怎麼會是個女孩？」馬修一聽傻眼了，「斯文薩夫人幫我找的應該是一個能幹農活的男孩……。」

「斯文薩夫人只說託我看管的是府上領養的孩子，其他的事我不清楚，你可以去問問那個女孩。」飢腸轆轆的站長回答後，很快就走了。

跟一個陌生女孩說話，對馬修來說，簡直比虎口拔牙還困難！他舉步維艱、膽怯的往回走去。

那個女孩外表看起來大約十一歲，身穿不起眼又過於短小的淺黃色衣服，頭上戴著一頂褪色的茶色水手帽，帽子下面是一頭紅髮，兩根小辮子垂在腦後。她的臉龐非常小，蒼白又瘦削，滿臉雀斑，大眼睛、大嘴巴，乍看並不起眼，但是眼神卻充滿朝氣和活力。

女孩看見馬修向她走來，馬上用一隻瘦黑的小手拎起過時的布包，另一隻手則伸向馬修。

「您是綠屋的馬修．卡斯巴特先生嗎？很高興見到您。我還以為您不會來了，正打算爬上對面鐵道轉角的那顆大櫻花樹上等到天亮；能沐浴在月光下睡覺，不是很浪漫嗎？我在想……若是您今晚沒有過來，明早肯定會來。」

馬修笨拙的握了女孩乾瘦的小手，已經想好下一步怎麼做了。

「我來遲了。走吧，我替你拎著包吧！」

「啊，沒關係。雖然我全部的財產都在裡面，但手提包一點也不重。而且把手一不小心就會掉，我還是自己提吧！」

兩人一塊走出車站，搭上馬車準備回綠屋。

「我感到好開心啊！從今天開始，我就要和你們一塊生活了。目前為止，我還沒有過過像樣的家庭生活，孤兒院太可恨了，雖然我只在那裡住了四個月……搭火車時，大家都覺得我很可憐，可是我一點也不在意。我可以幻想自己穿著淡藍色的絲綢裙子、戴著用鮮花、羽毛裝飾的大帽子……。」

女孩一路上說個不停，但出乎意料的，馬修卻覺得她很有趣。經過巴里家的池塘時，她甚至替池塘取了一個「碧波湖」的美麗名字。

只不過，離家越來越近，馬修就越來越感到不安。

果然，瑪麗拉看見他帶了一個女孩回來，立刻臉色大變。

「這是誰？怎麼不是男孩？」

「我也不清楚怎麼會這樣。可是，總不能把她丟在火車站不管呀！」

「這真是太糟糕了！」

看見瑪麗拉和馬修爭吵起來，女孩剛才的開心全沒了。

「因為我不是男孩，你們就不要我了，對吧？那我該怎麼辦啊？這真是我一生中遇過最悲慘的事了。我……我的眼淚要奪眶而出了！」說完，她便開始放聲大哭。

「不要哭了，今晚不會趕你走的。你叫什麼名字？」瑪麗拉僵硬的微笑著。

「安‧雪莉。但我希望你們可以叫我安妮。」

「跟我來吧！」瑪麗拉點了根蠟燭，「今晚你就先住下，一切明早再說。」

垂頭喪氣的安妮跟著瑪麗拉走上二樓房間，在委屈和痛苦中，她流著眼淚，慢慢進入了夢鄉。

連一連很有趣，快來依照數字順序把它們連起來，
看看會連成什麼圖案吧！
喜歡啊，而且還可以把圖案上色，更有趣呢！

連一連真好玩

數字連連看

＊你還可以為圖增添上顏色喔。

2

安妮的身世

第二天安妮醒來時，已經是大白天了。

金黃色陽光從窗外灑進來，安妮感覺彷彿有什麼好事要發生；可惜下一秒，她就想到因為不是男孩而要被送回去，不禁感到失望。

唉……清晨終究來臨了。

安妮走到窗前，費了一番力氣才推開好像很久沒開過的窗戶，馬上被眼前景色迷住。

窗外有棵高大的櫻花樹，低垂的樹枝都快碰到房子，雪白的櫻花競

相怒放著；房子的一邊是櫻桃園，另一邊是蘋果園，果樹上的花朵也是爭奇鬥豔。

放眼望去，前方有一條河，白樺樹生長在兩岸。林間草地上長著許多羊齒類與蘚苔類的植物，看起來特別漂亮。

透過樹叢的間隙，還能看見一棟灰色小屋在碧波湖的另一邊，而左邊草原的盡頭則是藍色大海。

安妮陶醉在如詩如畫的美景中，沒有發現瑪麗拉已經站在她背後。

「你該收拾房間了。」瑪麗拉很少和小孩說話，一開口，語氣顯得生硬又冷淡。

「您看，窗外多漂亮啊！」安妮轉身對瑪麗拉說。

「還好吧！不過是一些矮小又滿是蟲蛀了洞的樹木。」

「不只是樹木，花也很漂亮，還有小河和草地都很美。幸好早上看到美妙的風景，讓我忘記了昨晚的心痛。我正在幻想，如果你們讓我留下，那該有多好。」

「你愛怎麼幻想都行。早餐準備好了，快去洗臉、梳頭、換衣服。被子也要疊好，動作俐落點。」

除了忘記疊被，安妮十分鐘就完成瑪麗拉吩咐的其他事情。一坐到餐桌前，安妮又開始說個不停。

「啊！現在才感覺肚子餓，沒想到惡夢醒來會是個神話般的早晨。雖然我的遭遇還是很不幸，不過我早就告訴自己絕不向苦難低頭。」

「拜託你閉上嘴巴好嗎？就算你是個孩子，也不應該這麼愛講話。」

瑪麗拉這麼一說，安妮立刻沉默下來，不再開口，馬修也不發一語，氣氛瞬間凍結了！

安妮心不在焉的吃著早餐，瑪麗拉看到她這樣，感覺很不舒服，總覺得這女孩讓人心神不寧，但偏偏馬修還口口聲聲想留下她，真教人受不了。

甘休。

瑪麗拉很清楚馬修的脾氣，假如他堅持想做某件事，不達目的絕不

三人安靜吃完早飯，安妮才回過神，要求幫忙洗碗。

「你洗得乾淨嗎？」瑪麗拉疑惑的問。

「應該可以。但是比起洗碗，我對照顧小孩更內行，如果這裡有個小孩就好了。」

「小孩？你一個就讓我頭痛了，再來一個怎麼得了？都怪馬修老是糊里糊塗的……。」

「不，他不是那樣的人！」安妮替馬修打抱不平，「他很有同情心，也不會嫌我愛講話，我們是擁有相同靈魂的人。」

「行了，你去洗碗吧！用熱水好好洗，擦乾淨。下午我們一起去拜訪斯文薩夫人，我已經決定怎麼做了。」

安妮幹活的時候，瑪麗拉一直在旁邊盯著。她覺得安妮洗碗還可以，

收拾床鋪就不合格——羽絨被疊得不夠整齊，不過看得出安妮很努力了。

「中午前，你可以去外面玩。」不知道為什麼，看到安妮在眼前晃動，瑪麗拉就有些心煩。

「真的嗎？」

安妮聽完，眨著大眼睛跑向門口，忽然又停了下來。

「怎麼了？」瑪麗拉問。

「萬一我和外面的花草、果樹、小河成為朋友，那就更無法離開它們了。我可不想再受到打擊。」不過，才沮喪一秒，安妮馬上又說，「請問，窗邊的那棵植物叫什麼？」

「那是蘋果天竺葵。」

「啊？您沒有替它取名字嗎？那麼，請允許我叫它邦妮，可以嗎？拜託您了。」

「隨便你。替蘋果天竺葵取名字到底有什麼意義？」

「我就是喜歡替植物取名字，把它們當人一樣看待。窗外那棵櫻花樹像雪一樣白，我叫它『雪的女王』。就算它會凋落，您隨時可以想像它怒放時的美麗姿態。」

「從來沒見過像你這樣的孩子。」瑪麗拉嘟囔著，走去地窖去拿馬鈴薯。

她邊走邊喃喃自語著：「馬修說得沒錯，這孩子真有意思。我好像也很想聽她接下來想說什麼，再這樣下去，我看我也會被她迷住。」

到了下午，瑪麗拉對馬修說：「我要用一下馬車，帶安妮去見斯文薩夫人，把事情說清楚。」

馬修依舊悶不吭聲。只是出門前，瑪麗拉看見馬修傷心的目送她們離開。

剛上路，安妮又打開了話匣子。

「啊！我早就盼望著旅行了，這樣能盡量不去想孤兒院的事。您看，那朵紅色薔薇開得多美啊！不過我只喜歡粉色，可是我又不能穿粉色衣服，紅頭髮和粉色一點也不配！您聽說過，有人小時候長了一頭紅髮，長大後又變成別的顏色嗎？」

「沒聽說過。我看你將來也很難變顏色。」瑪麗拉冷冷的回答。

「唉！又一個希望破滅了。今天我們會經過碧波湖嗎？」

「如果你指的是巴里家的池塘，我們今天不會從那裡走，改走海岸大街。」

「太棒了！聽到海岸大街，好像就有美景立刻呈現在我眼前。」

「還有五英里路，你不要一直說些不切實際的話，說說你的事吧！」

「我？不用特地說我的事，我幻想出來的人生更有意思。」

「我不想聽你的幻想人生。告訴我，你在哪裡出生？今年多大了？」

安妮輕輕歎了口氣，講起自己的身世。

「我出生在博林布魯克，已經十一歲了。我的父母都是高中老師，媽媽在我出生三個月後生病去世，四天後，染上相同疾病的爸爸也離開了我。八歲前我一直住在湯瑪斯伯母家，幫忙照顧她的四個孩子。後來湯瑪斯伯父被火車碾死了，他母親收留了湯瑪斯伯母和四個孩子，卻不要我，幸好哈蒙德伯母看上我照顧孩子的本領便收留我，兩年後哈蒙德伯父也去世了，我只好住進孤兒院，直到斯文薩伯母接我出來，我在那裡總共生活四個月。」

安妮一口氣說完，露出如釋重負的樣子。

「湯瑪斯和哈蒙德伯母對你好嗎？」

「嗯……該怎麼說呢？」安妮吞吞吐吐，看起來很為難的說，「她們好心收留我，也盡量對我好，但是湯瑪斯伯父是個酒鬼，哈蒙德伯母有八個孩子，其中還有三對雙胞胎，大家的日子都不好過。不過我覺得她們是心地善良的女人。」

聽到這裡，瑪麗拉就不再追問了。

她忽然對安妮產生一股憐憫之情，這女孩一直過著孤兒的生活，多麼渴望家庭的愛和溫暖。如果把安妮送回孤兒院，可能太無情、太殘酷了。再說，馬修那麼想收養她……安妮除了話多了些，確實是個不錯的女孩。

瑪麗拉邊想心事邊駕著馬車，繼續奔馳在海岸大街上。遠方是一片碧綠的汪洋大海，還有海鷗在海面上飛翔。

「啊！大海真是太美了！」安妮忍不住發出讚歎，可是一想到就快抵達斯文薩夫人家，又流露出悲傷的表情。

一看見有馬車停在門口，斯文薩夫人急忙從屋裡走出來。

「原來是貴客臨門，歡迎、歡迎！」斯文薩夫人驚喜的說。

「打擾了，夫人。我們想領養男孩，結果卻送來一名女孩，現在是

要讓安妮回孤兒院，還是有人願意收養她？」瑪麗拉直接說明來意。

「還真是巧，昨天布里埃特夫人拜託我找一個做家務的女孩，安妮剛好可以過去。」

沒想到這麼快就解決安妮的問題，但瑪麗拉卻絲毫沒有喜悅之情，聽說那位瘦小的夫人對人很粗暴，如果讓安妮去那種人家，她會覺得良心不安。

這時，布里埃特夫人剛好經過。

「真是太巧了。大家請進屋聊一聊，安妮的問題馬上就能解決了。」斯文薩夫人邀請大家進屋。

所有人進入客廳坐下後，斯文薩夫人對布里埃特夫人介紹瑪麗拉。

安妮兩手緊握放在膝上，不安的想：「難道我就要跟這個有著一雙賊眼、看起來壞心眼的人走嗎？」

布里埃特夫人上下打量著安妮，然後開始盤問：「多大了？叫什麼名字？」

「安‧雪莉。十一歲了。」

「太瘦了，不過看起來很有精神。你到我家只要做事俐落、聽話就可以了。卡斯巴特小姐，如果可以，我現在就把她領回去。」

瑪麗拉看了看安妮，見她臉色發白，悲傷的緊閉著嘴脣，好像一隻待宰的小動物，讓人見了十分不忍心。

「這件事我還得和哥哥商量，假如決定不收養，明晚再把孩子送到您府上。」

聽瑪麗拉這麼一說，安妮的臉就像雨過天晴般重新充滿希望。

3 安妮的地雷

傍晚時分，瑪麗拉和安妮又回到綠屋。馬修見安妮跟著回來，心中的石頭終於落了地。

兄妹倆一起在後院擠牛奶時，瑪麗拉對馬修說了安妮的身世和下午發生的事。

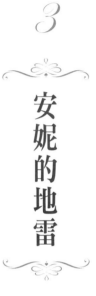

「布里埃特品性那麼差，怎麼可以把孩子送給她？」馬修用少見的果斷語氣說著。

「我也不喜歡那個人，所以又把安妮帶回來。我知道哥很想收養她，雖然我沒有養小孩的經驗，只要你別過問我的管教方式，我會想辦法讓她成才有出息。」

「太好了，你終於想通了。」馬修露出愉快的表情。

「不過，今晚先別告訴安妮會讓她留下來，以免她興奮得睡不著！」

光是收養孤兒這件事就夠令人驚訝，沒想到很怕女性的馬修，竟然還為安妮說話？瑪麗拉想，既然決定了，那就試試看吧！

晚上，瑪麗拉來到二樓的房間，親切對安妮說：「昨晚你把衣服扔得到處都是，太隨便的女孩可不能留在我家喔！」

「對不起，我心裡難過，沒有心思……還有，之前在孤兒院，我的被子一直疊得整整齊齊。」

「以後住在這裡，必須減少幻想。」瑪麗拉告戒安妮，「現在禱告一下，然後上床睡覺。」

「我從不禱告的。」安妮毫不隱瞞的回答。

「上帝喜歡禱告的孩子，只要你住在這裡就必須禱告。」

「既然您這麼要求，我會乖乖聽話。不過，您得教我怎麼禱告。」

「首先要跪下。」瑪麗拉說。

安妮立刻跪在她的腳下，嚴肅、認真的仰望著瑪麗拉。

一時之間，瑪麗拉只能想到「上帝，請保佑我入睡」這類小孩子用的祈禱文，但這種禱告並不適合滿臉雀斑的大女孩。

「只要簡單感謝一下主的恩典，再謙虛說出自己的願望，這樣可以吧？」安妮問。

「好吧！那就隨便說一些。」

安妮把臉趴在瑪麗拉的雙膝上，開始禱告。

「親愛的天父，感謝您賜予我碧波胡、邦妮和雪的女王。然後，還要拜託您兩件事，第一，讓我永遠留在綠屋；第二，等我長大以後，把我變成一個美人。您忠實的僕人，安·雪莉。」

安妮禱告完畢站起來，興奮的問：「您覺得怎麼樣？要是有時間多想一想，我會做得更好。」

瑪麗拉聽完差點沒昏過去，她從來沒聽過這麼離譜的禱告。

「明天開始，我得正式教安妮如何禱告。」瑪麗拉邊鋪床邊想。

鋪好床，瑪麗拉拿著蠟燭正要出去時，安妮突然叫住她。

「啊！我不應該說『您忠實的僕人』，必須說『阿門』，是不是？」

「沒關係。你快睡吧。晚安。」

「晚安。」安妮心滿意足的上床。

瑪麗拉回到廚房，「呼」一聲把蠟燭吹熄放到桌上，瞪著馬修。

「你相信嗎？今晚竟然是她第一次禱告！看來我得做件像樣的衣服，趕緊送她去上學。」

第二天中午，安妮還不知道自己可以留下來。她做完瑪麗拉交代的各種工作後，一副豁出去的樣子，來到瑪麗拉面前。

「求求您，卡斯巴特小姐，請告訴我，我到底能不能留在這裡？」

安妮睜大眼睛，雙手緊緊握著。

「馬修和我都決定讓你留下來，希望你做個好孩子，好好聽話……

喂，你怎麼了？」瑪麗拉放下手上編織的東西。

「我……，」安妮哽咽的說，「我真是太幸福了！湯瑪斯伯母總說

我是個壞孩子，我會努力改正缺點，當一個好孩子。」

「你先坐下來，動不動又哭又笑的，情緒也太容易起伏了吧。總之，

為了讓你順利長大，成為有出息的人，我們會盡力教導你，等九月新學

期開學，再送你去上學。」

「從現在起，我該稱呼您卡斯巴特小姐，還是卡斯巴特媽媽？」

「叫我瑪麗拉就行了，不然我會感到彆扭。」

「叫你瑪麗拉？這樣太沒禮貌了。」

「只要你能用尊重、誠懇的口氣稱呼，我是不會介意的。」

「可是我想叫您瑪麗拉媽媽，可以嗎？」

「不行！我討厭不相干的稱呼。」

「那可以把您想像成我的媽媽嗎？」

「不行！」瑪麗拉果斷的拒絕。

「我不能幻想一下嗎？」安妮瞪大眼睛問。

「不能！上帝創造人，不是為了讓他整天幻想……噢！我想起來了，你去把起居室壁爐上那張寫著『主的禱告』的卡片拿來，今天開始你要記住它，像昨晚那種禱告是不行的。」

「我也覺得不太流暢。昨晚上床後，我想了一篇很出色、很有詩意的祈禱文，可惜一覺醒來就全忘了……。」

「安妮，不要喋喋不休說個沒完，馬上照我的話去做。」

不久，安妮拿著卡片來到廚房，開始背誦祈禱文。才一會兒，她又喊：「瑪麗拉，在艾凡里我可以交到知心好友嗎？」

「有一個年齡和你差不多，叫作黛安娜．巴里的可愛女孩，她也許會和你成為朋友。」

「她漂亮嗎？但願她不是紅頭髮，自己長著紅頭髮就夠煩人了，要是知心好友也是紅頭髮，就更讓人難以忍受。」

「黛安娜有著薔薇色的臉頰，頭髮和眉毛都是黑的，而且她還很聰明、善良，這一點比漂亮更重要。」

「太好了，我就要有一個漂亮的知心朋友了。以前在湯瑪斯伯母家，我總是把書櫃玻璃門上反映出來的我，當成要好的朋友，還替她取名凱蒂。我們無所不談，凱蒂經常安慰、鼓勵我。後來我必須去哈蒙德伯母家，不得不和凱蒂告別時，我們隔著玻璃門哭了。幸好到哈蒙德伯母家時，那邊有一個小山谷，能產生非常美妙的回音，所以我想像有一個女孩叫薇奧蕾塔，她跟我是好朋友，我愛她就像凱蒂一樣，我被送到孤兒院的前一天晚上，還特地和她道別，她也很難過的回答『再見』……。」

「幻想總是不切實際，等你交到真正的朋友，就不會再想那些傷心事了。之後見到巴里夫人，不要提起凱蒂和維奧蕾塔，她會認為是你在撒謊。」

「是您問起我才說的。我才不會對別人提起這些珍貴的回憶。」

說著，安妮看見餐桌上花瓶的蘋果花裡飛出一隻大蜜蜂，忍不住又幻想的說：「如果變成一隻蜜蜂，躺在微風吹拂的蘋果花中進入夢鄉，該有多浪漫啊！」

兩個星期後，感冒痊癒的林德夫人來到綠屋。在向瑪麗拉抱怨流行感冒的嚴重性後，她才說出真正的意圖：「聽說，你們原本想領養男孩，結果來了一個女孩，難道不能送回去嗎？」

「馬修非常喜歡這孩子，我也不討厭她。安妮是個特別開朗、可愛的女孩……。」看到林德夫人臉上露出不悅，瑪麗拉才換個話題，「你想見見安妮嗎？我叫她來。」

沒多久，在屋外探險的安妮臉色紅潤的跑進來。她沒想到會有客人在，緊張得不得了，不知所措的站在窗邊。

林德夫人打量著安妮，只見她穿著從孤兒院帶來的短小連身裙，露出木棒似的雙腿，臉上長滿雀斑，沒戴帽子的紅髮好像燃燒的火，任由風胡亂吹動。

「瑪麗拉，你都不挑長相的嗎？她怎麼這麼醜啊！孩子，到這裡來，讓我好好看看……天呀！這麼多討厭的雀斑，還有一頭從沒見過、跟紅蘿蔔一樣紅的頭髮。」

聽到林德夫人這麼說，安妮的小臉氣得通紅，嘴脣不停打哆嗦，乾瘦的身體直發抖。她歇斯底里的用腳踩著地板，大喊：「我討厭你！討厭！非常討厭！你居然嘲笑我的外表，真沒看過像你這麼粗俗、野蠻、不懂禮貌的精神病患者。」

「安妮！」瑪麗拉驚訝的出聲阻止。

可是安妮依然雙拳緊握，憤怒的抬頭瞪著林德夫人。

「如果我說你是蠢豬、沒有腦袋，你能忍受嗎？你說的話比湯瑪斯伯父喝醉時挖苦我的還要過分，我絕對不原諒你，絕不！」

「太不像話了！」林德夫人驚慌的喊著。

「安妮，回你房間去！」瑪麗拉喝斥著。

安妮「哇」一聲大哭起來，飛奔上二樓，接著傳來「砰」的甩門聲。

「哎喲！收養這種孩子真夠你受的，瑪麗拉。」林德夫人表情嚴肅的說。

「我說瑞秋，挖苦別人長得醜，可不好啊！」瑪麗拉忍不住說。

「什麼？她那麼囂張、亂發脾氣，你還替她說話？我這輩子還是第一次被小孩子這樣汙辱呢！」說完，林德夫人氣呼呼的離開了。

3 先倒直徑約2公分大小的洗髮精在手掌心，再塗抹在頭皮（洗髮精的量，最好平均分布在頭皮上）。接著用指腹輕輕搓洗、按摩頭皮。最後用溫水將洗髮精沖洗乾淨。

◎塗抹洗髮精和搓洗、按摩頭皮，都是用「指腹」喔。

4

頭髮沖洗乾淨後，用毛巾從上往下，將頭髮輕輕拍乾。

5

將頭髮用毛巾包起來。

6

將吹風機的溫度調到中間段後，把吹風機風口拿至離頭髮10～20公左右的距離，由上往下吹頭髮。頭髮整個吹到差不多後，改換最小段（冷風）吹頭髮，這樣頭皮會比較降溫。

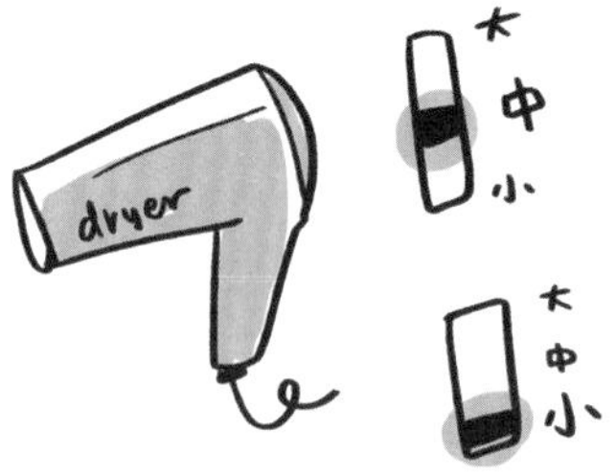

◎頭皮一定要吹乾，其餘的吹七、八分乾即可。

漂亮自己來 呵護秀髮 從現在開始

1

用圓頭梳或是寬齒梳，先從接近髮尾處開始梳，將髮尾梳順，再由髮根往下梳理整頭頭髮。

2

將頭髮全部淋溼後，在手掌心上倒入直徑約1.5公分左右量的洗髮精，再將洗髮精揉搓出泡沫後，往頭上洗去。洗髮精在頭上搓揉約30秒後，即可用溫水將洗髮精沖洗乾淨。

4

結識新朋友

瑪麗拉剛上樓，就看見安妮趴在床上放聲大哭。

「安妮？」瑪麗拉輕柔的喊著。安妮沒有回答。

「安妮！」瑪麗拉這次有點不高興的說，「我要你馬上從床上下來，聽我說……。」

安妮這才慢吞吞下床，坐到椅子上。

「我想讓林德夫人看見的是一個有禮貌的孩子，結果，她只是說你一頭紅髮、樣子有點醜，你居然發那麼大的脾氣？」

「換作是您當面被人挖苦長得醜，您會怎麼想？」安妮邊哭邊說。

瑪麗拉想起小時候也曾被鄰居批評「長得又黑又醜」，即使五十年過去了，每當她想起這些話，胸口還是和當年一樣疼痛。

「林德夫人的確說錯話，但她是客人，你不能那麼失禮！等一下你就去她家請求原諒。」

「我絕對不向她道歉！」安妮堅決的說。

「如果你想留在綠屋，就得做個好孩子，今晚你好好反省吧！」

瑪麗拉扔下這幾句話就下樓了。一想到林德夫人目瞪口呆的樣子，她忍不住「噗」的笑出聲。

第二天早上，安妮還是不願認錯，瑪麗拉只好向馬修說出安妮不能吃早餐的原因。

「林德夫人老是多嘴、愛管閒事！」馬修不滿的說，「你為什麼要處罰安妮，不讓她吃飯呢？」

「我哪有？我從今天開始做好飯菜就送上樓，只要她答應去道歉，我就准許她出來。」

不過，安妮始終堅持，瑪麗拉送到房間的飯也沒吃。

傍晚，馬修趁瑪麗拉到牧場的時候，悄悄上了二樓。

「安妮，你還好嗎？」馬修心疼的問。

「胡思亂想消磨時間吧！」安妮露出一抹苦笑。

「瑪麗拉只要認定什麼，就絕對不會讓步，我看你還是……。」馬修越說越小聲。

「如果馬修希望我去道歉，為了您我願意試試看。」

「好孩子，我希望你去。你一天沒下樓，家裡就死氣沉沉的，真不習慣。」

「好吧！等瑪麗拉回來，我馬上跟她說。」

「太好了！你不要告訴瑪麗拉我來過，她會怪我多管閒事。」

「我保證不會洩漏出去。」安妮一本正經的發誓。

瑪麗拉擠完牛奶回來後，聽安妮說願意道歉，立刻帶著她前往林德夫人家。

來到林德家時，安妮一見到她，馬上露出懊悔的表情，默默跪在她面前，誠懇的向驚呆的夫人伸出手。

「噢！林德夫人，對不起。」安妮用顫抖的聲音說，「就算用盡一本字典的詞彙，也無法表達我的歉意。夫人不過講了幾句真話，說我一頭紅髮、滿臉雀斑、骨瘦如柴……我就大發脾氣，還讓馬修和瑪麗拉沒面子。請您原諒我吧！不然我會遺憾終身。」

說完，她緊握雙手，低下頭去，彷彿等待審判一樣。

這一席話不僅打動了瑪麗拉，林德夫人的惱怒也在瞬間化為烏有。

「好了！快起來，我一定會寬恕你。都怪我說話太直，你別放在心上。我有個同學，小時候也有著火紅的頭髮，可是長大了髮色就漸漸變深，她的孩子還有一頭漂亮的茶褐色頭髮呢！」

「噢，夫人！」安妮站起來，深深吸了一口氣。「您的話給了我希望，想到將來頭髮可以變成漂亮的茶褐色，我就別無所求了。那麼，您和瑪麗拉說話時，我能到院子裡蘋果樹下的長凳坐坐，隨心所欲幻想一下嗎？」

「當然可以。想去就去吧！如果你喜歡，還能摘一些百合花。」

見安妮走出去，林德夫人立刻對瑪麗拉說：「這孩子是有點古怪、脾氣暴躁，但是懂得反省又不會耍心機。瑪麗拉，不知為什麼，我已經開始喜歡她了。」

回綠屋的路上，安妮得意洋洋的問：「剛才的道歉非常巧妙吧？我認為如果要道歉，最好是徹底一點。」

「的確夠徹底。」想到剛剛的情景，瑪麗拉忍不住笑了出來，但還是嚴厲訓斥安妮，「以後別再任性、亂耍小孩子脾氣，也不要再像剛才那樣道歉，知道嗎？」

「知道了。」安妮陶醉的聞了聞握著的水仙花。

快到家時，安妮看見樹叢中露出綠屋廚房的燈光，不由一陣感動，把小手放到瑪麗拉乾瘦的手中。

「我以前從來沒有把任何地方當成家，現在卻深深愛上綠屋，噢！瑪麗拉，我簡直太幸福了。」

被安妮的小手一碰，瑪麗拉心裡暖呼呼，這是她從未有過的感受。

某天，瑪麗拉替安妮縫製了上主日學穿的新衣服，但安妮似乎不太喜歡。

「我還以為是新款式的連身裙呢？」

「怎麼，不喜歡嗎？」

「您不知道現在流行燈籠袖嗎？」

「我知道，原本想做燈籠袖，但沒有多餘的布料，而且我不想助長你的虛榮心，你就湊合著穿吧！」

「唉！如果能穿上有燈籠袖的白色連身裙，那該有多好！」安妮嘟噥著。

第二天，瑪麗拉頭痛得厲害，沒辦法帶安妮去上主日學，便叫安妮找林德夫人幫忙帶她去。

安妮穿上長短適中但有點寬鬆的黑白方格連身裙，照了一下鏡子，什麼話都沒說就走了。

她的頭上戴著一頂有光澤的小水兵帽，可是安妮渴望的是有緞帶和鮮花裝飾的帽子。

走著走著，路邊的金鳳花和野薔薇吸引了安妮的目光。她開始動手採摘，編成一頂花冠裝飾在帽子上，接著搖晃著被粉色、黃色妝扮的紅頭髮，腳步輕盈的走到林德夫人家。

林德夫人已經離開家，安妮只好一個人走往教會。艾凡里的女孩早就聽說安妮的事，知道她是一個脾氣古怪、腦袋有毛病的人，不是自言自語，就是和花草說話。

她們用詫異的目光看著頭戴奇怪裝飾帽的安妮，用書本掩著嘴，嘰嘰喳喳的小聲議論著。

等安妮到了羅傑遜小姐的班級時，沒有人對她表示熱情，嚴肅的羅傑遜小姐也沒讓安妮留下好印象。

其他女孩都穿著有燈籠袖的衣服，只有安妮穿著合身的一般連身裙，也讓她感覺自己很寒酸。

回家的路上，安妮把晒乾的花冠丟掉。一進門，瑪麗拉就問她：「一切還好嗎？」

兒童主日學
值日生：9.22

「什麼都不喜歡……太糟糕了！羅傑遜小姐問了許多問題，我都對答如流，但她沒讓我發問，太不公平了！牧師傳教的時間太長、貝爾校長慵懶的禱告聲，彷彿上帝離我們很遙遠……要不是坐在窗邊可以看見碧波湖，一邊幻想，我早就坐不住了。」安妮坐在搖椅上抱怨著。

長時間以來，瑪麗拉對牧師和貝爾校長的觀感，竟然全被安妮說了出來，瑪麗拉覺得，還真不能小看這孩子啊！

安妮用花冠裝飾帽子的事，直到星期五，瑪麗拉才從林德夫人口中得知。

「你幹麼打扮得怪模怪樣去上主日學？」

「很抱歉，我只想到鮮豔的花兒戴在頭上該有多美啊！」安妮含淚解釋，「自從我來了以後，給您添不少麻煩，我還是回孤兒院比較好。」

看到安妮一個勁兒的哭，瑪麗拉有點生氣，氣自己把安妮弄哭了。

「我根本沒打算把你送回孤兒院。別哭了，我要去跟巴里夫人借剪裁裙子的紙樣，你想去認識黛安娜嗎？」

「要是她不喜歡我怎麼辦？」安妮滿臉淚痕的站起來，不知所措。

最後，雖然緊張，安妮還是跟著瑪麗拉來到巴里夫人家。

巴里夫人熱情的問候瑪麗拉，並且和安妮親切的握手。

坐在沙發上看書的黛安娜，一看到她們進來，馬上放下書。

「黛安娜，別老看書，對眼睛不好，你帶安妮到院子裡去玩一會。」

兩個女孩第一次見面，在院子裡，隔著花草不好意思的面對面看著。

如果不是面臨結交新朋友的命運好壞，安妮一定會陶醉在庭院裡的美景。

巴里家的庭院環繞著高大、古老的樅樹和柳樹，種著紅芍藥、白水仙、有刺的蘇格蘭薔薇和各種顏色繽紛的花木，四周還有蜜蜂忙碌的飛來飛去。

「噢！黛安娜，我能成為你的知心好友嗎？」安妮的聲音小到幾乎無法聽見。

「當然好啊！我妹妹米妮還太小，附近又沒有可以和我玩的人，我們肯定能成為好朋友。」黛安娜笑著回答。

「那麼……我鄭重發誓，只要太陽和月亮存在，我必定竭盡所能，忠誠於我的好朋友——黛安娜．巴里。輪到你了，只要把我的名字加進去就行了。」安妮嚴肅的說。

「聽說你有點與眾不同，看來的確是，但我還是很喜歡你。」

發誓成為好朋友的兩人，道別時還相約第二天下午要一起玩。

結識新朋友

5 絕不原諒

九月一個涼爽的清晨，安妮和黛安娜又像平常一樣愉快的跑向「樺樹道」，那是她們每天上學必經之路。

「我猜基爾伯特・布萊斯今天會來上課。」黛安娜告訴安妮，「他是一個很帥的男生，而且喜歡逗女生玩，我們全都被他欺負過唷！」

其實，說是被欺負了，倒不如說是心甘情願受欺負，從黛安娜的聲音裡就可以聽得出來。

「是不是名字被寫在門廊牆上，和茱麗葉・貝爾的名字並列在一起的那個男生？」

「沒錯，就是他。不過我知道他對茱麗葉不感興趣，因為聽說基爾伯特曾經數著她的雀斑來背誦九九乘法表。」

「哎喲！不要提雀斑啦！」安妮困窘的說，「人家滿臉雀斑，我倒想知道有哪個男孩敢把名字和我寫在一起。」

雖然安妮不希望名字被寫出來，但是如果完全被忽略，又讓她感到委屈。

「沒有那種事。」黛安娜堅定的說。

「不用安慰我了。我不像你有一頭烏黑的頭髮和黑眼睛，跟你名字寫在一起的，足足有半打以上。」

「那些都是開玩笑的，你別自卑，因為查理．斯隆好像很喜歡你呢！查理對他媽媽說，你是全校最聰明的女孩，還說有一個聰明的腦袋，比臉蛋長得好要強得多。」

「不可能！我還是認為臉蛋比較重要。而且我最討厭查理了，他的金魚眼讓我難以忍受。如果我們的名字被寫在一起，那就糟了！」

教室內，黛安娜趁菲利浦老師在指導別的學生時，靠近安妮耳邊，小聲的說：「你看，坐在走道正對面的那個人就是基爾伯特，很帥吧？」

安妮望向黛安娜說的方向，只見基爾伯特個頭非常高，有著一頭茶色捲髮和一雙茶色透著搗蛋鬼光芒的眼睛，臉上浮現一絲打算捉弄人的笑意。

原來，他正悄悄用夾子，把前面女同學的金髮長辮夾在椅背上。過沒多久，女同學被老師點到講臺上做計算，她才站起來就慘叫一聲，不但椅子翻倒了、頭髮也被扯掉不少，嚇得她「哇」的哭出來。

基爾伯特匆忙藏起夾子，佯裝認真看書。等這件事平息之後，基爾伯特又把目標轉向安妮，不斷做出滑稽、可笑的怪相，還朝她暗送秋波。

「基爾伯特的確長得很帥，不過我認為他很無恥，對一個剛見面的女生擠眉弄眼，太失禮了。」安妮不滿的向黛安娜說著悄悄話。

誰知道，這一切只是開始，真正的鬧劇還在後面呢！

那天下午，菲利浦老師在教室後面的角落指導一位學生課業，其他同學各自做著喜歡的事，只有基爾伯特拚命想引起安妮注意，可惜始終都沒成功。

這時的安妮兩手托腮，正專注眺望著窗外碧波湖的美景，沉醉在幻想中。

基爾伯特逗弄女孩從來沒有失敗過，因此惱羞成怒，發誓無論如何都要讓這個尖下巴、滿頭紅髮、大眼睛，而且和其他女孩明顯不同的安妮注意他。

於是基爾伯特隔著走道伸出手，一把抓住安妮長長的辮子，接著用尖刺的聲音說：「紅蘿蔔！紅蘿蔔！」

先前看到基爾伯特捉弄女同學，已經讓安妮對他產生不好的印象，現在基爾伯特不但打斷她幻想的樂趣，還取笑她的髮色，氣得安妮哭喊著：「你……你居然敢欺負我？還用這麼殘忍的手段，太過分了！」

說著，安妮拿起寫字石板，對著基爾伯特的腦袋，「啪」的狠狠一擊，石板應聲斷成兩截！

一旁看熱鬧的同學發出「啊」一聲，全都驚呆了，不僅戴安娜倒抽了一口氣，還有女同學開始放聲大哭。

「安．雪莉！這是怎麼一回事？」菲利浦老師走過來氣憤的怒吼。

安妮一聲不吭，就是不回答。她怎麼能在眾人面前說出自己被嘲諷為「紅蘿蔔」，那樣太丟臉了！

此時，基爾伯特大聲開口承認：「老師，是我不好，我剛才捉弄了安妮。」

菲利浦老師根本不聽基爾伯特的解釋，繼續對安妮吼著：「聽著，我不准我的學生這樣發脾氣、報復人。你到講臺的黑板前面罰站，一直站到放學為止。」

安妮一臉僵硬，默默站到講臺前。

接著，菲利浦老師拿來粉筆，在安妮頭上的黑板空間寫上：

安．雪莉是個脾氣暴躁的人！必須改掉自己的壞脾氣！

直到放學前，安妮都一直在這些字前罰站。她既沒有哭，也沒有因為羞辱而低下頭。

憑著一股憤怒支撐，她忍受了這奇恥大辱。不管是黛安娜同情的眼神、查理．斯隆憤慨的搖頭，或是其他人惡意的嘲笑，安妮一律回敬氣忿的眼神和漲紅的臉，唯獨對基爾伯特她瞧都不瞧。

安妮發誓絕不再多看他一眼！也不再和他多說一句話！

一放學，安妮就揚著頭，飛一般的衝出教室。這時，基爾伯特卻站在門廊出入口等著她。

「安妮，對不起！我拿你的頭髮亂開玩笑。」基爾伯特輕聲道歉，「對不起啦！你肯原諒我嗎？」

安妮和基爾伯特擦身而過，彷彿沒看到他，也沒聽見他的話。

黛安娜上氣不接下氣的追上安妮，一半責備、一半敬佩的說：「你怎麼可以無視基爾伯特的道歉呢？」

黛安娜想，要是她，一定馬上原諒基爾伯特。

「我絕對不會原諒他！」

「他只是跟你開玩笑，你不要放在心上。他以前也嘲笑過我頭髮黑漆漆的像烏鴉。況且，我還是第一次看到基爾伯特向人道歉呢！」

「說你是烏鴉和嘲笑我是紅蘿蔔，根本就是兩碼事呀！」安妮把這件事看得非常嚴重，「我現在就像窒息一樣難受！」

第二天，菲利浦老師決定整頓紀律。他在午休前宣布，一上課，所有學生都要坐回自己座位，誰要是遲到了就得受處罰。

當天中午，全班男生和幾個女生像平常一樣，又跑到貝爾家的雲杉林去玩耍。安妮走在樹林裡愉悅閒晃，嘴裡哼著歌，頭戴著花冠，彷彿夢幻王國裡的快樂精靈。

忽然，有同學驚呼：「老師來了！」

大家一聽，立刻往教室跑。安妮因為走得比較遠，所以落在後面，但她跑起來就像羚羊般敏捷，很快就追上其他同學。當她被大家推擠著進到教室，菲利浦老師還在掛帽子。

面對這麼多違紀的學生，菲利浦老師決定找一個替死鬼。於是他一眼就看到花冠斜掛在耳朵上，模樣狼狽的安妮。

「安．雪莉，你似乎很喜歡和男孩子玩在一塊，今天我就成全你。

把花冠摘下來，過去和基爾伯特坐在一起！」

其他男生都在偷笑，安妮則是氣得臉色鐵青，死死盯著老師。安妮心想，這麼多人遲到，為什麼只處罰我？

可是安妮知道反抗也沒用，只好不甘願的坐到基爾伯特身邊，然後趴在桌上，把頭埋進手臂裡。

一直注意著安妮的露比．吉里斯剛好看到了安妮趴下前的臉，事後對大家說：「我還沒見過安妮臉色如此蒼白，到處都是紅斑的樣子。」

一開始大家還竊竊私語，但因為安妮一直沒有抬起頭來，大家不久便覺得無趣，開始各自做自己的事情，把安妮給忘了。

這時，基爾伯特趁沒人注意拿出一顆上面印有「你真甜美」的心糖果，放在安妮的手臂間，讓它輕輕滑下去。

安妮抬起頭，想都沒想就把它扔到地上，接著用腳踩個粉碎，而且看都沒看基爾伯特一眼，又重新趴回桌子上。

好不容易捱到放學，安妮快速回到自己的座位，動作誇張的把抽屜裡所有的東西，全都堆到破碎的石板上，包括筆、墨水、筆記本、教科書等。

「安妮，這些你都要帶回家嗎？」黛安娜關心的詢問。

「對，從今以後，我再也不上學了！」安妮氣憤的回答。

果汁筆超多變

作法

1

先將筆管取出，再將適合的紙膠帶，裁剪出跟筆管相同的長度。接著，用紙膠帶將筆管包覆起來。

2

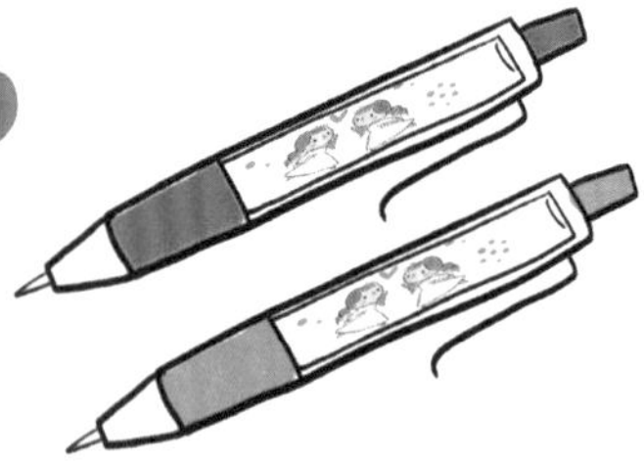

將筆管裝回筆桿中，一支獨一無二的果汁筆就完工了。

色鉛筆大變身

作法

1

將紙膠帶往下斜貼。

2

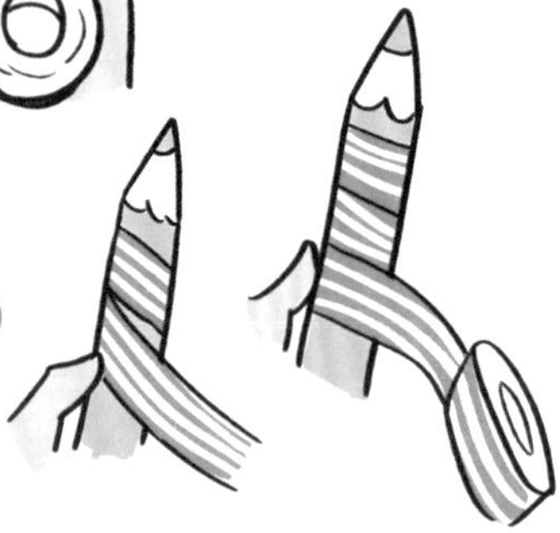

右手拿著紙膠帶、左手轉筆，將紙膠帶沿著接縫處往下斜貼。

3

頭、尾處用紙膠帶繞一圈包覆起來即可。

4

這樣色鉛筆就變身了。

◎步驟 ① 紙膠帶斜貼的角度要拿捏好，這樣步驟 ②沿邊斜貼時才會整齊、好看。

啊～～我好想要有自己風格的文具用品喔。
那太簡單了，只要用紙膠帶就可以囉！

DIY真有趣

紙膠帶 玩出個人風格文具

材料

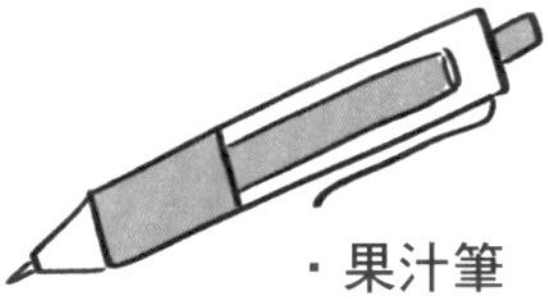

・果汁筆

・色鉛筆

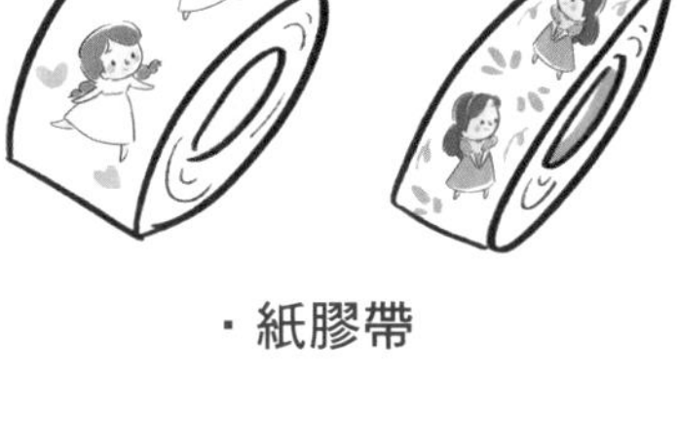

・紙膠帶

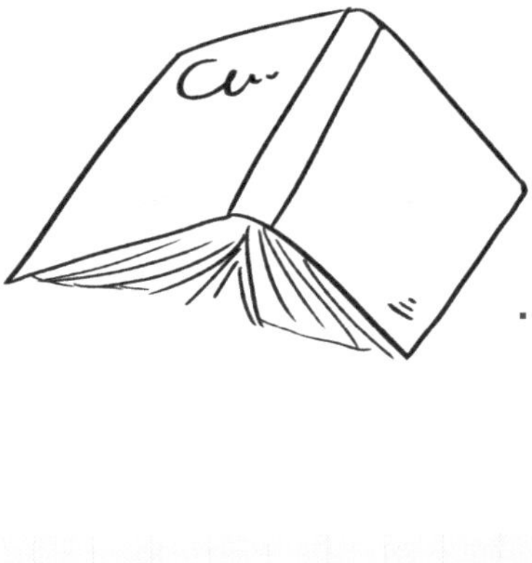

・筆記本

3

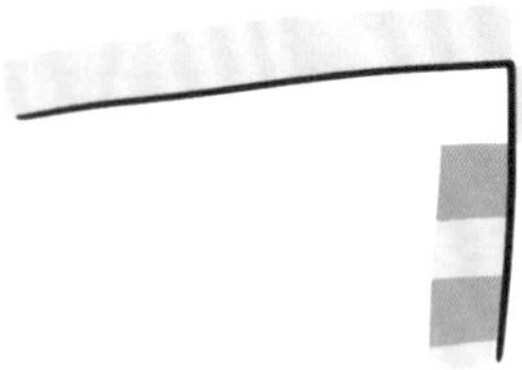

將紙膠帶往內黏貼時，把會重複黏貼的部分裁掉。

4

中間無法黏貼的部分也裁掉後，將紙膠帶都往內黏貼好，筆記本就換上新裝囉！

5

將紙膠帶都往內黏貼好

6

筆記本換上新裝囉！

◎動動腦，看看用紙膠帶還可以為哪些物品變身呢？

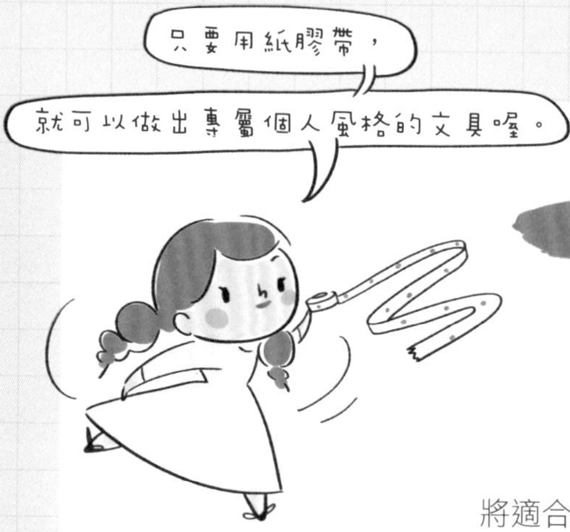
只要用紙膠帶，
就可以做出專屬個人風格的文具喔。

改造筆記本

作法

1

將適合的紙膠帶，裁剪出跟筆記本相同的長度。

anne of Green gable

2

將紙膠帶一半寬度貼在筆記本正面的側邊，接著將另一半貼往筆記本背面。筆記本就變得不一樣囉！

3

不同用途的筆記本，都可以替它們貼上不一樣圖案的紙膠帶，這樣要用時就能一目了然，知道該拿哪一本出來喔。

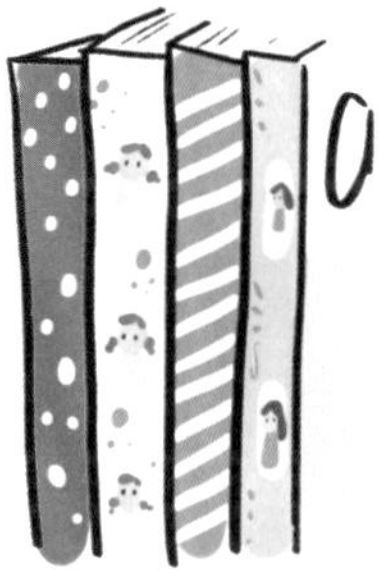

筆記本穿新衣

作法

1

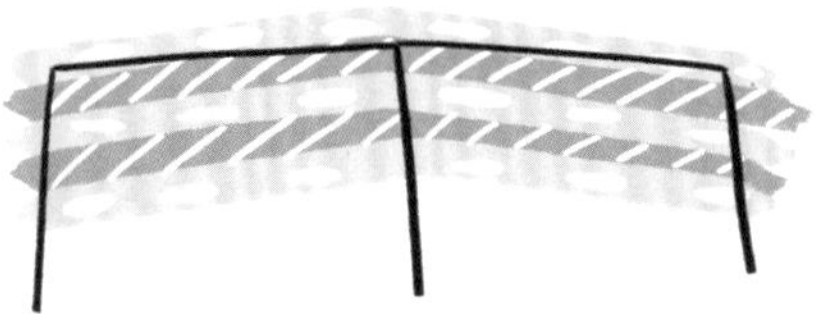

先想好要幫筆記本穿上什麼「新衣」，接著依照設計，在筆記本封面貼上紙膠帶。

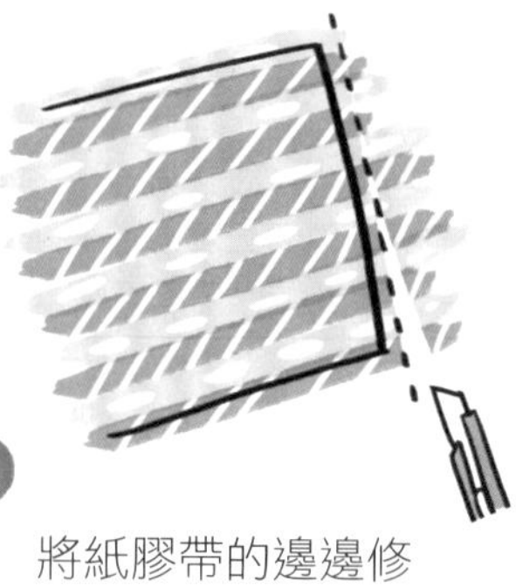

2

將紙膠帶的邊邊修整整齊。

6 酒醉風波

在綠屋，十月是美麗的月分。

山谷裡的樺樹率先在秋日驕陽下變成金黃色，接著果樹園後的楓樹染成深紅色，小路兩側的櫻花樹也不甘寂寞，抹上了可愛的深紅色和青銅綠色。田地上的二期作物，則悠然自得的享受著日光浴。

一個星期六早上，安妮拿著一把楓樹枝飛奔進屋內。

「瑪麗拉，您看，這樹枝多漂亮呀！我想用它們妝點房間。」

「你應該知道寢室只是用來睡覺的吧！」

「可是，我覺得睡在布置漂亮的房間裡，才能作出好夢。」

「那好吧！不過，你最好不要弄得樓梯上到處都是葉子。今天下午我要去卡莫迪參加婦女勸助會的聚會，晚餐就交給你了。如果你想，可以邀請黛安娜來家裡玩。」

「太棒了！您真了解我，我早就想請黛安娜來家裡喝茶了。」

「你們可以喝一點覆盆子汽水，那是之前剩下的，我放在櫥櫃第二層，也可以配一些餅乾吃。馬修會一直工作到很晚才回來……。」

不等瑪麗拉叮嚀完，安妮早就往外跑去，到黛安娜家去邀請她了。

黛安娜到綠屋時，穿著適合應邀作客的漂亮洋裝，平常她連門都不敲就跳上臺階，今天卻裝模作樣的敲了敲門。

「您來了，歡迎、歡迎。」打扮體面的安妮急忙打開門。

「謝謝您邀請我。」黛安娜笑容滿滿的點點頭。

兩人就像初次見面一樣，還鄭重其事的握握手。

安妮領著黛安娜到她房間把帽子放好，再一起到起居室。黛安娜併著腳尖規規矩矩的坐著。十分鐘過去了，兩人仍舊裝腔作勢的客套著。

「您媽媽最近好嗎？」安妮問。

「謝謝您的關心，她很好。今天卡斯巴特大叔也去搬運馬鈴薯嗎？」

「是啊！今年馬鈴薯大豐收，您父親種的馬鈴薯，收成也很好吧？」

「托您的福，也豐收了。您家的蘋果開始採摘了嗎？」

「摘得可多了……，」話沒說完，安妮忽然跳起來，「黛安娜，我們去摘些蘋果吃吧！」

不一會，兩人已經坐在結實累累的蘋果樹下，一邊咬著蘋果，一邊開心說著最近學校發生的新鮮事。

「我被安排跟伽蒂坐在一起，她寫字時老是把石筆弄得沙沙作響，真討厭！露比從她伯母那裡得到一塊磨石，聽說可以磨掉疹子。查理和艾瑪的名字被寫在一塊，這讓艾瑪很不高興。」

「安妮，你沒來上學之後，大家都覺得好無聊，希望你快點回到學校。還有基爾伯特……。」

一聽見「基爾伯特」，安妮立刻站起來打斷話題。

「黛安娜，我們進屋喝點覆盆子汽水吧！」

回到起居室，安妮沒有在櫥櫃第二層找到覆盆子汽水，又認真找了一遍，才看見它放在最上面的架子上。

接著，安妮把瓶子放在托盤上，連同杯子一起端上桌。

「希望你跟我一樣喜歡紅色飲料，比起其他飲料，紅色看起來更可口，好像能讓人喝得津津有味。黛安娜，多喝點，不要客氣喔。」

「蘋果吃太多，我實在喝不下了。」

雖然這麼說，黛安娜還是倒了滿滿一杯，欣賞完猶如紅寶石的覆盆子汽水後，優雅的喝了。

Love forever
Love forever

「安妮，沒想到覆盆子汽水這麼好喝。」

「喜歡就請多喝幾杯，千萬別客氣喔！我先去生火。」

等安妮從廚房回來，黛安娜已經喝完第二杯了。

「看來你真的很喜歡覆盆子汽水，再來一杯吧？」

黛安娜又喝下第三杯，接著又倒上滿滿一杯。「我從沒喝過這麼可口的飲料，比林德夫人家的好喝幾百倍。」

「我也覺得瑪麗拉的覆盆子汽水好喝多了。瑪麗拉的手藝廣受好評，她還教過我呢！可是烹飪好像沒有太多想像空間，必須按步驟來。前些日子，我在做點心時，忘記放小麥粉，結果就失敗了。幸好瑪麗拉原諒我……。」安妮話匣子一打開就停不下來。

這時，黛安娜搖搖晃晃的想站起來，卻站不起來，只好雙手抱著頭又坐下來。

「黛安娜，你怎麼了？」

「我……我好難受……，」黛安娜說得有點不清楚，「我頭好暈……我想回家了？」

「不可以，你茶都還沒喝呢！」

「我要回家！我要回家！」黛安娜一直重複，看起來傻乎乎的，但卻表現得很堅決。

看她那麼難受，安妮流下失望的眼淚。她沒辦法，只好先送黛安娜回家，然後一個人哭著回到綠屋。

兩天後，瑪麗拉叫安妮到林德夫人家跑腿，沒多久，安妮就哭著跑回來，撲倒在沙發上放聲大哭。

「發生什麼事了？」瑪麗拉驚慌的問。

「林德夫人說，巴里夫人正在生我的氣。因為前天黛安娜來作客，被我給灌醉了，隔天還頭痛了一整天。她認為我太壞了，再也不許黛安

娜跟我一起玩！」

「灌醉？你給她喝了什麼？」

「覆盆子汽水呀！誰知道喝覆盆子汽水會醉呢？瑪麗拉，我沒想要灌醉黛安娜啊！」

「別開玩笑了！覆盆子汽水怎麼可能讓人喝醉？」瑪麗拉邁開大步來到起居室，打開櫥櫃，發現裡面放著的是自己釀了三年多的紅醋栗酒。

「你這孩子真是個惹禍天才，黛安娜喝的不是覆盆子汽水，是紅醋栗酒。」

「我又沒喝，根本不知道嘛！」安妮哭個不停，哀求的說：「瑪麗拉，您幫我跟巴里夫人解釋清楚，好嗎？」

瑪麗拉答應跑一趟，不久卻沒好臉色的回來，看也知道她一定沒得到巴里夫人的諒解。安妮連帽子都沒戴就心急的衝出去，決定親自登門道歉。

不過，巴里夫人的怒火並沒有平息，她甚至懷疑安妮是在編造謊言。當晚，安妮幾乎是哭著睡著。

「這個小可憐。」瑪麗拉嘟噥著，彎下腰親了親睡著的安妮。

為了可以每天見到黛安娜，安妮決定復學，沒想到竟然受到超乎尋常的熱烈歡迎。

露比把三個李子偷偷塞進安妮手裡，查理送了一支石板用的昂貴石筆，安妮報以微笑的收下，讓他高興得彷彿自己像在作夢。

出乎預料的是，黛安娜竟沒有表現出絲毫熱情。

「就算她媽媽不原諒我，哪怕她只是對我笑一笑也可以啊！」當晚安妮在瑪麗拉面前一股腦的訴苦。

沒想到，第二天安妮就收到黛安娜寫的紙條和親手做的書籤，安妮確定兩人的友情堅定不移，才總算放心了。

Life
as long as there's a
laugh in it.

某天晚上，安妮剛從地下室裝了一盤蘋果走出來，忽然聽見一陣急促的腳步聲，接著廚房的門被猛然推開。

黛安娜頭髮散亂、臉色鐵青，胡亂披著一條圍巾，氣喘吁吁的闖了進來。

「黛安娜，怎麼了？你媽媽決定原諒我了嗎？」

「安妮，米妮突然生病了，偏偏我父母都去了城裡，暫時來看顧我們的瑪莉說，米妮得的是哮吼。」

一旁的馬修聽到，一聲不響的拿起帽子和大衣，匆忙從黛安娜身邊擠過，消失在門外。

「馬修一定是要駕馬車去找大夫。你別擔心，讓我先去看看米妮的情況。」安妮安慰著心急如焚的黛安娜。

來到巴里家，三歲的米妮正躺在廚房的沙發上，渾身發燙，喉嚨不時發出哮喘的聲音。

安妮有過照顧孩子的經驗，一眼就看出米妮病得很重，馬上要瑪莉燒開水，並且耐心的餵米妮吃藥。

安妮和黛安娜整晚用心照顧著生病的米妮，當馬修把醫生帶來時已經是凌晨三點，米妮也度過危險期了，正睡著呢。

事後，醫生對巴里夫婦說：「幸好有卡斯巴特家的那位紅髮姑娘，不然等我來了再搶救，可就遲了。真令人難以相信，那女孩遇事冷靜，非常有膽識啊！」

為了感謝安妮的救命之恩，巴里夫人邀請她到家裡作客，把她當大人招待，親切招呼，還同意安妮和黛安娜繼續當朋友。

酒醉風波

作法

1 將水煮沸後關火。

2 將水倒入壺中，再把紅茶葉放入，燜約三分鐘，然後取出紅茶葉（或取出紅茶包）。

3 在紅茶中加入鳳梨原汁及糖（蜂蜜）。

◎將柳丁片放入水果茶內，可以增添一些柑橘味喔。

DIY真有趣

健康美味水果茶

鳳梨果茶

材料

糖
依喜好酌量準備，也
可用蜂蜜。

紅茶葉
約6g
（也可用紅茶包取代）

鳳梨原汁
約150ml

水
約500ml

柳丁
1顆
（切片備用）

作法

1. 先將水果切丁備用（水果可依需要，取部分拿來切丁）。
2. 將柳橙汁、水、砂糖放入容器中，開火煮沸後即可關火。
3. 將茶包放入容器中，燜約大概三分鐘後，取出茶包，以免味道過澀。
4. 將步驟③製成的水果茶倒入壺中，再放入水果丁浸泡，即可飲用。

☆注意：燒水時請小心火源；熱水很燙，請注意安全，不要燙著了。

黛安娜，這次我做的水果茶怎麼樣？
嗯～～好好喝喔，謝謝你的招待。

橙香果粒茶

材料

鮮榨柳橙汁
100ml

水果
2至3樣
（可依季節及喜好準備）

砂糖
依喜好酌量準備

水
300ml

錫蘭紅茶包
2包

7

怪異的蛋糕

六月分的最後一天，安妮紅著眼眶回家。

「幸虧我今天多帶了一條手帕，我早就料到一定會用得上。」

「真難以相信，菲利浦老師的離職會讓你難過到要用兩條手帕擦眼淚？你真的很喜歡他嗎？」瑪麗拉不解的問。

「是因為大家都哭了，我才跟著哭。尤其是露比，她常說最討厭菲利浦老師，結果卻是第一個放聲大哭！菲利浦老師含淚說著『我們分離的時間終究還是來了』，讓我聽了特別難過。」安妮說著，「對了，今天我遇到新來的牧師夫婦，牧師夫人戴著裝飾薔薇的帽子，穿著帶有華麗燈籠袖的藍色裙子。聽說，牧師家準備好之前，他們會暫時住在林德夫人家。」

聽安妮這麼說，當天晚上，瑪麗拉馬上找了個理由到林德夫人家串門子，打聽新來的牧師夫婦。

林德夫人認為新牧師阿蘭不僅傳教風趣、祈禱認真，還精通神學，而且她認識牧師夫人娘家的人。

新牧師熟悉教理，夫人也勤做家務，簡直是一對完美組合。

安妮只見過阿蘭夫人一面，就被她深深吸引了。

「阿蘭夫人是教過我的老師中，最好的一個。」一個週日下午，安妮告訴瑪麗拉，「她說，學生愛問什麼就問什麼，不要過於拘泥，就連露比問了和上課沒關聯的事，她都微笑著回應。真希望我笑起來跟她一樣，也有兩個美麗的酒窩。」

「這幾天我想邀請阿蘭夫婦來我們家喝茶，」瑪麗拉笑著說，「不過先別告訴馬修，以免他找藉口跑出去。」

「我會保密的。瑪麗拉，我可以為阿蘭夫人烤一些蛋糕嗎？」

「嗯。你可以烤些夾心蛋糕。」瑪麗拉答應了。

週二晚上，快緊張死的安妮，跟黛安娜訴說心事：「為了邀請牧師夫婦來作客，我和瑪麗拉這兩天快忙死了。如果蛋糕做失敗了，該怎麼辦？昨晚我還作了一個夢，夢見被夾心蛋糕變成的魔鬼追著跑。」

「不會有那種事情發生，你一定會成功的。」每當這種時候，黛安娜都會為安妮加油、打氣。

星期三的早晨到了。安妮興奮得一晚都沒睡好，加上昨天和黛安娜在泉水邊玩，全身弄得溼淋淋的，她好像因此得了重感冒。不過只要不是肺炎，安妮無論如何都會進廚房。剛吃完早餐，安妮就開始準備，一直到把蛋糕放進烤箱，才深深吐了一口氣。

「瑪麗拉，要是蛋糕不膨脹，怎麼辦？」

「別擔心，還有很多可以吃的東西啊！」瑪麗拉平靜的說。

幸好，蛋糕膨脹的比預期還要好，安妮高興得臉上泛著紅暈。她從烤箱拿出鬆鬆軟軟、彷彿金黃色泡沫的蛋糕，再把猶如紅寶石的果凍夾到中間。頓時，阿蘭夫人品嘗蛋糕的情景，彷彿浮現在她眼前。

「我可以用花草裝飾桌子嗎？」

「關鍵在於吃的東西，並不是無聊的裝飾。」瑪麗拉不以為然的說。

「聽說，巴里夫人用花裝飾桌子，得到牧師一番讚美。他說不但要吃得香甜可口，還要有賞心悅目的感覺。」

「那好吧！就照你的意思裝飾一下，不過要留地方擺盤子和吃的東西喔！」瑪麗拉不想輸給巴里夫人或其他人，所以答應了安妮。

於是，安妮以她獨特的藝術靈感，把桌面裝飾得典雅又別緻。果然，牧師夫婦剛坐下來，就讚歎桌面裝飾得很美。

「這是安妮設計的。」瑪麗拉說。

阿蘭夫人佩服的朝安妮微笑了一下，安妮得意得飄飄然。

馬修也在安妮巧妙的勸說下，穿上最好的衣服下樓陪牧師夫婦喝茶，而且還和牧師聊了起來；儘管沒和阿蘭夫人說話，但他已經盡了最大的努力了。

在安妮端上夾心蛋糕之前，一切都進行得非常順利。可是蛋糕端上來後，出乎意料，阿蘭夫人居然謝絕吃蛋糕！

瑪麗拉看到安妮失望的表情，趕緊滿臉笑容的推薦：「請您品嘗一塊吧！這是安妮特地為您做的。」

「噢！這樣我真的應該嘗嘗看。」阿蘭夫人笑著切了一大塊蛋糕，吃進一口後，露出奇怪的表情。

一直注視著阿蘭夫人的瑪麗拉，立刻嘗了嘗蛋糕。

「安妮！」瑪麗拉驚叫起來，「天呀！你究竟在蛋糕裡放了什麼？」

「只有食譜上寫的東西啊！」安妮悲傷的說，「不好吃嗎？」

「簡直太糟糕了！阿蘭夫人是勉強吃下去的。你到底用了什麼香料？自己嘗嘗看吧！」

「我只放了香草。」安妮嘗了一口，臉紅的說，「瑪麗拉，一定是發酵粉不好，才會……。」

「不要說了，快把那瓶香草拿來給我看看。」

安妮匆忙跑到儲藏室，拿來一個裝有茶色液體的小瓶子，上面用發黃的文字寫著「高級香草」。

瑪麗拉接過瓶子，拔掉瓶塞，湊上鼻子聞了聞。

「哎呀！安妮，你把止痛藥水當成香草了。上星期我不小心弄破止痛藥水瓶，就把剩下的藥水倒進香草的空瓶裡。這事我也有一半的責任，事先沒說清楚。可是你為什麼聞不出來呢？」

聽了這話，安妮立刻委屈得哭起來。「我得了重感冒，什麼都聞不出來啊！」

說完，她覺得很丟臉，轉身跑回房間，一頭撲到床上大哭起來。

過了一會兒，樓梯傳來一陣輕盈的腳步聲。

「噢！瑪麗拉，我完了！黛安娜一定會向我打聽蛋糕做得怎麼樣？然後我把止痛藥水當香料放到蛋糕這件事，很快就會被大家知道，我一輩子都會被基爾伯特那些男生嘲笑了。還有……瑪麗拉，請不要讓我現在洗盤子，等牧師夫婦走後我再洗，我沒臉見阿蘭夫人了，她可能會以為我給她下毒呢！不過這是喝的藥，並沒有毒，您可以幫我向阿蘭夫人解釋嗎？」

「安妮，你可以自己跟我說呀！」

安妮聽見一個和藹可親的聲音，立刻從床上跳起來，瞪大眼睛一看，阿蘭夫人正微笑的看著自己。

「不要哭了，誰都會做錯事。雖然蛋糕烤失敗了，你的熱情和心意我都收到了。卡斯巴特小姐說你有個專屬的花壇，可以帶我去看看嗎？」

阿蘭夫人的體貼化解了安妮的尷尬，也為這場失敗的下午茶畫下了完美的句點。

在八月和煦的陽光中，安妮收到一封請柬。

「瑪麗拉，阿蘭夫人邀請我明天去喝茶。我還是第一次被人稱作『小姐』呢！可是，萬一我又做出失禮的事怎麼辦？」

「你的問題就是老站在自己的立場想，應該多想想怎麼做，才能讓阿蘭夫人感到高興呀！」瑪麗拉語重心長的說。

「就照您說的做，我以後不會只站在自己的立場考慮事情了。」

第二天，當雲彩被晚霞染成藏紅和薔薇色的時候，安妮高興的回到家，興奮的對瑪麗拉描述這次的茶會。

「阿蘭夫人穿著漂亮的薄紗裙，上面還裝飾著一大堆波浪皺褶，像仙女一樣的接待我和另一個叫羅蕾塔的女孩。我們喝完茶後，阿蘭夫人彈鋼琴、唱歌給我們聽，我和羅蕾塔也唱了；阿蘭夫人還誇我有一副好歌喉，希望我可以在主日學的合唱團裡唱歌。瑪麗拉，今天發生的一切，我將終身難忘。」

怪異的蛋糕

作法

1 將兩顆蛋的蛋白和蛋黃分離至碗中。

◎裝蛋白的容器不可沾到蛋黃、水或油脂喔！

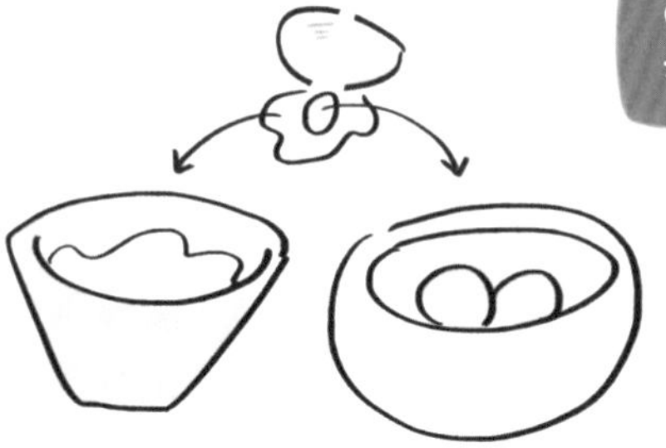

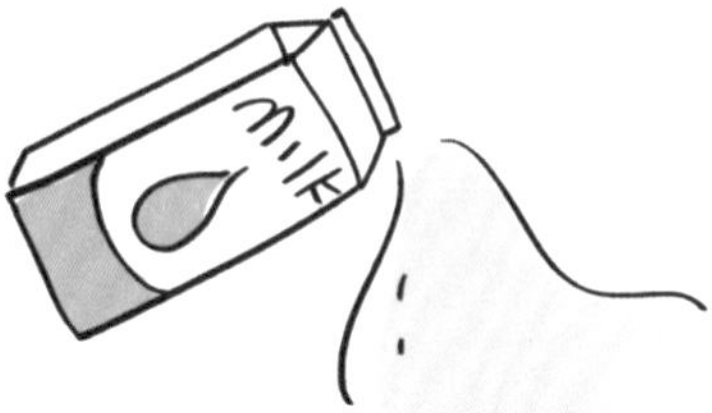

2 先將一顆全蛋打入裝了蛋黃的碗中，再加入食用油、蜂蜜和牛奶。接著將碗中的材料攪拌均勻，製成蛋黃液。最後，倒入過篩麵粉均勻攪拌成糊狀。

◎攪拌過程盡量快速，避免麵粉產生筋性影響口感。

3 將1／3砂糖和適量檸檬汁倒入裝了蛋白的碗中，接著打發蛋白，直到蛋白乾性發泡（打蛋器拿起來時，蛋白呈現尖挺狀）。

◎剩下的2／3砂糖，在打發蛋白時，分兩次加入。

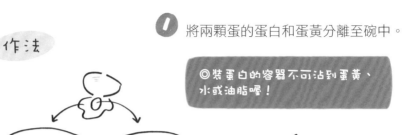

DIY真有趣

好好吃杯子蛋糕

材料

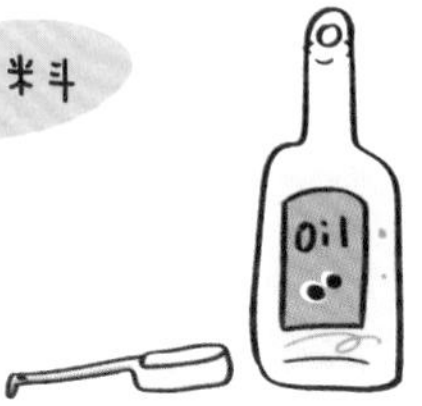

食用油
（沙拉油、橄欖油等皆可）
15g

蜂蜜
25g

砂糖
25g

牛奶
30ml

低筋麵粉
45g
（過篩備用）

蛋
3顆

檸檬
1顆
（榨汁備用）

6

烤模擺在烤盤後，輕敲一至兩下烤盤，
讓空氣排出。

敲

7

這裡是用大烤箱烤。烤箱預熱一百六十度，烤約十分鐘後，調成一百四十度，烤二十分鐘。蛋糕出爐後，將蛋糕移出放涼即可。

10分
160°C
140°C
20分

☆ 製作時千萬要小心，不要燙傷了。

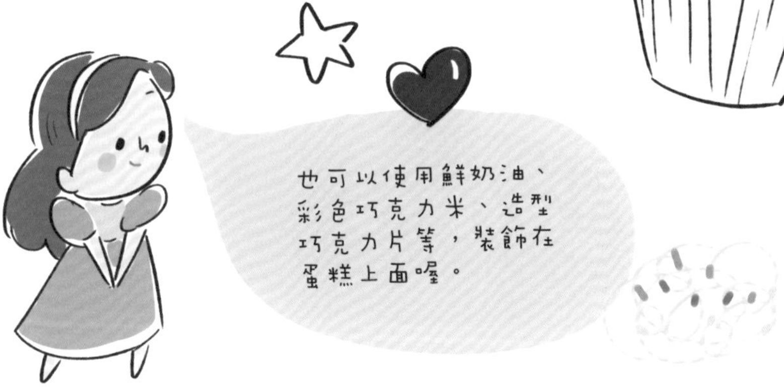
也可以使用鮮奶油、
彩色巧克力米、造型
巧克力片等，裝飾在
蛋糕上面喔。

4 將蛋白分三次，緩緩加入蛋黃糊中。

◎每次加入蛋白後，要用刮刀沿著盆邊以切拌方式快速的攪拌，以避免蛋白霜消風。

5 將蛋糕糊裝入烤模中，容量大約八分滿。

8

挑戰遊戲

安妮被邀請到牧師家作客後，過了一個星期，黛安娜也舉辦了一次聚會。

「這次只限班上女生才有資格參加。」安妮驕傲的對瑪麗拉說。

聚會當天氣氛非常好，喝完茶，大家決定到院子裡玩遊戲。

「以前的遊戲都玩膩了。」一個女孩說，「我們應該試著玩點稀奇古怪的，例如『挑戰遊戲』。」

這個提議獲得了熱烈響應，大家都紛紛表示贊成。

「挑戰遊戲」是目前艾凡里的孩子中最流行的遊戲，最初只有男孩子在玩，後來逐漸擴展到女孩子。

首先，嘉莉・斯隆就向露比挑戰，說：「你可以爬上正門前那棵高大、古老的柳樹嗎？」

看到柳樹上爬滿肥滋滋的綠色小蟲，露比幾乎要嚇暈了，而且很擔心弄破全新的紗裙。

但是，為了不服輸，露比牙一咬，不顧一切爬上去，果然挑戰成功，贏得大家一陣歡呼和掌聲。

接下來，由喬琪・帕伊挑戰珍妮・安德魯斯。

「珍妮，你能只用左腳在院子裡跳著繞圈圈嗎？而且……身體不能夠搖晃。」

珍妮勇敢的接受挑戰。不過，當她跳到第三個牆角時，開始感覺吃力，身體搖搖晃晃的，最後右腳落地，失敗收場。

「哈哈！挑戰失敗！」

喬琪得意洋洋的模樣真是讓人討厭。安妮反問她：「那你能在院子東邊的圍牆上走路嗎？」

這是一項高難度的挑戰，必須掌控平衡技巧，特別是頭和腳後跟很難保持平衡，沒玩過的人可能並不清楚。

安妮自以為給喬琪出了一個難題。

誰知道，喬琪似乎天生就有在圍牆上行走的本能，所以走在巴里家的圍牆上，毫不費力，感覺特別輕鬆。

目睹這場驚險的平衡表演後，女孩們雖然不太情願，仍然有風度的對喬琪讚揚一番。

隨後，大家想要學喬琪，一個個爬上圍牆，結果全部都以失敗收場。

這時，喬琪更加趾高氣揚。她得意的從圍牆上下來，噘著嘴，滿臉神氣的盯著安妮。

「哼！走在又低又矮的圍牆上有什麼了不起？在馬里斯維爾，還有小孩能在屋脊行走呢！」安妮使勁甩了一下紅髮辮，不屑的說。

「我才不相信有人可以走在屋脊上，至少你辦不到！」喬琪斬釘截鐵的說。

「要是我可以呢？」安妮逞強的說。

「那就請你爬上巴里家，在廚房的屋脊上走走看囉！」喬琪向安妮發出挑戰。

安妮一聽，臉色都變了。可是說出口的話就像潑到地上的水，很難再收回來。沒辦法，她只好走向廚房屋簷旁的梯子，其他女孩見狀，紛紛發出驚歎，有的出於興奮，有的出於驚慌。

「安妮，那樣太危險了。萬一掉下來，你會摔死，拜託你不要在意喬琪的話，她要你做危險的事，實在太過分了！」黛安娜拚命阻止安妮。

「如果我不接受挑戰，那多沒面子！」安妮一臉嚴肅的說，「為了尊嚴，我一定要爬到屋脊上走走看。黛安娜，萬一我死了，你就收下我用珍珠串成的戒指，留做紀念吧！」

說完，安妮爬上梯子，很快便站到屋脊上。這時，她才發現屋脊離地面非常遠，所以馬上就感到有點頭暈目眩。

地面上，所有女孩都仰著頭，暫時停止呼吸，緊張的注視著安妮。

這一刻安妮發現，不管她如何發揮想像力，也無法鎮定的走在屋脊上。可是礙於面子，她還是鼓起勇氣搖搖晃晃走了幾步。當她正琢磨該怎麼走才不會失去平衡時，突然一個失足踩空，就從屋頂摔進茂密的五葉地錦中。

目睹這一幕，所有女孩都驚慌失措，驚嚇到無法發出聲音！

幸好，有五葉地錦當護墊，加上安妮摔下來那側，屋頂一直延伸到陽臺頂部，屋簷離地面比較近，不然，黛安娜就要收下珍珠戒指了。

不過，大家還是發瘋似的，繞過屋子跑向安妮。只有露比彷彿腳底生根，嚇得站在原地不停顫抖。

安妮倒臥在被壓得亂七八糟的五葉地錦中間，臉色慘白，一副筋疲力盡的模樣。

「安妮，你沒事吧？」黛安娜大喊著，驚魂未定的蹲在好友身邊，「噢！安妮，求求你，開口說句話吧！你到底是死是活？你快說話呀！」

「唔……我……。」安妮搖晃的抬起身體，發出微弱的聲音。

發現安妮還活著，大家全都鬆了一口氣，尤其是喬琪。假如安妮死了，她不敢想像自己會遭受到多大的指責。

「安妮沒死，但她好像有點神智不清了。」

「看看這裡是哪裡？安妮。」嘉莉嘴角抽搐的問。

還沒等安妮回答，巴里夫人已經匆忙趕來。

安妮一看見巴里夫人就想趕緊站起來，但她疼得忍不住叫出聲，只好又蹲下去。

「發生了什麼事？哪裡受傷了？」巴里夫人關心的問。

「我的腳受傷了，好像沒辦法走回去。可以請巴里先生送我回家嗎？」安妮請求著。

不久，正在果園摘著蘋果的瑪麗拉，突然看見巴里先生經過獨木橋，爬上斜坡走過來，後面還跟著巴里夫人和一大群女孩，再仔細一看，他懷裡抱著安妮，而安妮的頭軟綿綿的倚靠在他的肩上。

看到這一幕，瑪麗拉的心臟好像被什麼東西重重敲擊了一下，出現從未有過的恐懼，她趕緊迎上前去。

「巴里先生，安妮怎麼了？」瑪麗拉緊張的問。

「我沒事，只是在屋脊行走時不小心摔下來，腳扭傷了。」安妮抬起頭，有氣無力的回答。

「只要參加聚會，你就會惹出麻煩！」瑪麗拉稍微放心後，口氣又不自覺的嚴厲起來。

這時，安妮痛得暈了過去！

正在田裡收割的馬修被叫回來，連忙跑去請醫生。診斷結果，安妮的傷勢比想像中嚴重，腳踝骨折了！

當晚，瑪麗拉到安妮房間探視，她臉色發白躺在床上。

「瑪麗拉，你說我可憐嗎？」

「這是你自找的！換成我，才不去理會別人的挑釁。」

「如果我不接受挑戰，會被喬琪取笑一輩子，那我可受不了！醫生說我有六、七個星期不能走路，這樣我就見不到新來的老師，學期成績也會被基爾伯特和其他同學趕上。啊！我的命好苦，但是假如瑪麗拉不生我的氣，我會拚命忍耐。」

「好，我不生氣。經過這次教訓，你要記住，受罪的人是自己啊！」

於是，接下來漫長的七週裡，安妮靠著想像力打發無聊時間。不過來探望她的人很多，每天都有同學帶著鮮花和書來，告訴她在學校裡發生的新聞。

「瑪麗拉，經過這件事，我才知道我有許多朋友，連貝爾校長都來探望我，還用他小時候也骨折過的經驗來鼓勵我，他真是個好人。想起我曾經批評過他的禱告，實在太不應該了。還有……阿蘭夫人來看我的次數，居然多達十四次，這是一種榮耀吧？喬琪說，萬一我死了，她也沒臉活在世上了。黛安娜每天都到枕邊和我開玩笑，聽她說，新來的女老師有一頭金色捲髮，眼睛非常迷人，常穿著大紅燈籠袖的裙子，女孩都對她著迷不已。唉，真希望能快點回到學校。可惜我的腳骨折，到現在還不能走路。」

安妮滔滔不絕，對著瑪麗拉訴說受傷以來這些日子的心情。

瑪麗拉耐心聽完後，說：「雖然你從巴里家的屋頂摔下來，不幸中的大幸是……你的舌頭似乎沒有受到任何損傷。」

挑戰遊戲

9

虛榮心的懲罰

當安妮的腳傷痊癒回到學校上課，已經是十月了。

新來的史黛西老師正如安妮想像，是一個通情達理、個性開朗、值得信任的人。她懂得孩子們的心理，不管是在學習上或是生活上都能引導大家積極參與。

安妮受到新老師的影響，也快速成長著。

「瑪麗拉，我打從心裡敬愛史黛西老師，她溫柔、優雅，連聲音都非常好聽。今天她還對我背誦的詩，大大讚揚一番。」

「我聽林德夫人說，史黛西老師允許男孩子爬到大樹上去取烏鴉的鳥巢，她到底想要做什麼啊？」

「觀察大自然，了解烏鴉是怎麼築巢的啊！」安妮解釋，「我們到野外上課，史黛西老師很有耐心，讓大家很容易就理解。上野外課那天我們還寫了作文，我的作文是全班最優秀的呢。將來我想當一名護士，和那些配戴紅十字標誌的人一起做解救世人的天使。不過，這是在當不成傳教士時的第二個人生目標。」

安妮的想像力總是瞬息萬變。

到了十一月，史黛西老師又提議讓孩子們在聖誕節規劃一場音樂會，被選出來參加表演的人都非常興奮。

安妮也被選中了，而且是所有人當中最著迷也最有熱忱的一個。

「我們規劃的音樂會非常有趣，有六個合唱，由戴安娜獨唱、領唱，我參加《精靈女王》的短劇演出，還得朗誦兩首詩，只要一想起來就緊張得要命，不過也讓人高興得發抖啊！哎，瑪麗拉，我知道您認為參加活動會耽誤學習，但如果我演得非常成功，您不是也會很高興嗎？」

「要是你態度端莊一些，我可能會更開心。這場鬧劇結束後，希望你會變得穩重些，光是聽你說個沒完，就覺得你怎麼會這麼愛說話呢？」

安妮歎了口氣，來到後院，看見馬修正在月光下劈柴，又和他談起音樂會的事。

馬修不愧是安妮最忠實的聽眾，不僅熱忱的用心聆聽，還不斷點頭贊成。

「這會是一個很棒的音樂會，安妮的表演一定會很成功。」馬修微笑的看著充滿信心的安妮。

管教安妮是瑪麗拉的責任，但馬修認為誇獎和鼓勵比管教更有效果，也很樂於寵愛安妮。

為了音樂會，安妮邀請了女孩們到家裡來練習、排演。

不知情的馬修走進廚房，坐在木箱上脫著沉重的靴子，發現家裡的小客人正準備回家，立刻害羞得躲起來，偷偷看著女孩一邊穿戴衣帽，一邊討論關於音樂會的事。

不久，馬修發覺安妮和其他女孩好像有些不同。安妮看起來很快樂，閃閃發亮的眼睛比別的孩子大，容貌小巧別緻。可是這不是馬修感覺怪的地方，但他卻又說不出哪裡奇怪？

如果問瑪麗拉，她一定會說安妮和其他女孩的不同，就是喜歡喋喋不休。這不是馬修想聽到的答案。

這天晚上，馬修掏出菸斗，陷入苦思。他足足抽了兩小時的菸，拚命思考後，終於找到答案。

原來，安妮和其他女孩的不同之處，就在穿著啊！

馬修完全不懂衣服的流行，但是他看出安妮的穿著太樸素。瑪麗拉

老是讓她穿式樣單一的服裝，顯得很土氣。

再過三個星期就是聖誕節了，馬修決定要買一條像樣的裙子送給安妮當作禮物。

第二天晚上，馬修跑去一家有男店員的店，打算替安妮買條裙子。沒想到，這間商店居然聘請了女店員！

「歡迎光臨，卡斯巴特先生。」魯西拉．哈里斯小姐熱情的招呼著馬修。

「這個……有耙子嗎？」

這冰冷刺骨的季節裡買什麼耙子？哈里斯小姐雖然詫異，還是客氣的回應：「我記得還有一兩支放在小倉庫……除了耙子，還需要什麼東西嗎？」

「不，不要了……我想看看乾草籽。」

「我們店裡只有在春天才賣乾草籽喔！」哈里斯小姐耐著性子解釋

「啊！沒錯。那我買砂糖好了……。」馬修吞吞吐吐的說。

最後，馬修沒有買成裙子。他想來想去，只好去麻煩林德夫人。

「你想送一件有燈籠袖的衣服給安妮？真是找對人了！我一定會幫她縫製最新的款式。」林德夫人一口答應。

聖誕節早上，安妮收到這份禮物時，一聲不響的盯著，用手撫摸著以茶色緞料製成、閃著光芒的華麗裙子。

「安妮，喜不喜歡？」馬修小聲的問。

「我太開心了，真不知該怎麼感激您才好！我作夢都沒想到能擁有一件燈籠袖的衣服，馬修，謝謝您！」安妮的眼淚像河水一樣流出來。

晚上，音樂會表演時，安妮穿上嚮往已久的衣服，完成了一場成功的演出。

之後，她又成立故事社，每天埋首創作，過著充實又快樂的日子。轉眼間，來到四月，白天越來越長。瑪麗拉參加婦女勸助會的聚會後，輕快的走在回家的路上。

收養安妮前，瑪麗拉回家，迎接她的只有冷清，現在不同了，有可愛的安妮在家將火爐的木材燒得劈啪響，一想到這些，她就有莫大的滿足感。

但是這一天，瑪麗拉卻失望了！

暖爐裡的火居然還沒點燃，安妮也不曉得跑去哪裡，更別提她答應會把茶先準備好，等待瑪麗拉和馬修回家享用。現在看來只好自己動手，在馬修從田裡回家前，把茶準備好。

兄妹倆一起喝茶時，瑪麗拉忍不住抱怨：「安妮每天只顧著和黛安娜編故事、練習短劇，做些沒意義的事，我交代她的事都忘得一乾二淨。這孩子缺點雖然不少，但阿蘭夫人卻對她稱讚有加，沒想到現在又不知道跑哪去，真教人擔心。」

「是，你說得有道裡。」儘管餓得難受，馬修還是耐心聽瑪麗拉說個不停。

直到晚餐結束，安妮都還沒有回家。瑪麗拉沉著臉，準備到地下室拿東西，才想起蠟燭放在安妮房間。上樓後，她在黑暗中點燃蠟燭，才驚訝發現安妮沒有出門，而是趴在床上！

「發生了什麼事？安妮，你睡了嗎？」

「嗯……。」彷彿這輩子都不想被人看見，安妮把頭緊緊藏在枕頭底下。

「你哪裡不舒服？」瑪麗拉走到床邊關切。

「沒有。不過我的人生已經完了！瑪麗拉，拜託您下樓去，別再理我了。」

「你在亂說些什麼？是不是又惹麻煩了？安妮，立刻給我站起來，把事情說明白。」

安妮聽話的從床上下來，臉色看起來很糟糕。

「請看看我的頭髮。」安妮低聲的說。

瑪麗拉舉起蠟燭，認真端詳安妮垂下來的頭髮。

「你的頭髮怎麼變成綠色的？」

「是綠色沒錯……沒想到綠色頭髮比紅色難看好幾百倍！」安妮無力的說。

「為什麼不染好看一點的顏色？」

「我本來想染成一頭烏黑的頭髮，可是那個小販說……。」

「我跟你說過，不能讓陌生人進到家裡來。」

「我沒讓他進屋，只在門外臺階上看染料，因為他拚命推銷，我就相信了，結果卻把頭髮染得這麼難看，真是後悔死了！」

「這是因為虛榮心得到的懲罰，你最好快去把頭髮洗一洗，或許能

洗掉這難看的髮色。」瑪麗拉建議。

安妮乖乖照辦，反覆以肥皂和水用力搓洗頭髮，可是都沒有用！她只好一整個星期都不出門。

為了上學，安妮哭著讓瑪麗拉剪去她一頭長髮。當她以短髮出現在學校時，立刻引起一陣騷動。

虛榮心的懲罰

10

安妮的蛻變

瑪麗拉難得缺席了星期四婦女勸助會的聚會，第二天林德夫人就出現在綠屋。

「馬修心臟病發作了。」瑪麗拉說，「感謝上帝，他現在好多了，不過最近發作頻繁，真讓人擔心。而且他不能再做費力的工作了。」

這時，安妮過來為林德夫人倒茶，還端出烤得熱呼呼的美味麵包。

林德夫人離開綠屋時，對瑪麗拉說：「安妮長大了，已經不再是女孩，你也多個幫手了。」

「是啊！她變得穩重多了。」

日子就這樣一天天過去，這天，瑪麗拉看著眼前這個越變越美麗的十五歲少女，竟然有一股難以言喻的孤獨感。

轉眼間，學期末再次來臨，安妮也順利參加完皇后學院的入學考試。可是，眼看都過了三個星期還沒收到成績單，安妮緊張到食慾不振。

某天傍晚，安妮坐在敞開的窗戶邊，正陶醉的聞著花香、眺望夏季黃昏的田園景色時，看見黛安娜拿著一張報紙匆忙跑來。

「安妮，你考上了，而且是第一名！」黛安娜大喊，「基爾伯特也考第一名，你們倆並列第一，但是你的名字登在最前面。」

「太好了！我得趕快把這個好消息告訴馬修和瑪麗拉。」

兩人連忙跑向倉庫，找到正在捆乾草的馬修，恰巧林德夫人也站在柵欄邊和瑪麗拉聊天。

Queen's Academic
成績單
第一名
安・雪莉
基爾伯特・布萊斯
第二名
xxxx
第三名
xxxxx

「安妮，恭喜你！你是我們的驕傲。」林德夫人真誠的說。

這天，安妮和黛安娜特別盛裝打扮，因為她們受邀參加白沙飯店的音樂會，安妮也將上臺朗誦。黛安娜花很多心思打理安妮的穿著和髮型——白色蟬翼紗禮服配上馬修送的珍珠項鍊、綁成兩條粗辮子的頭髮用白色絲帶繫上，然後在耳後插上巴里家院子裡唯一的白玫瑰。

她們抵達飯店後，安妮被領到演員休息室，原本信心滿滿的她，看見裡面被表演者擠得水洩不通，忽然怯場了！

許多貴婦身穿高貴絲綢服裝、佩戴鑽石，相形之下安妮的珍珠項鍊顯得十分遜色；頭上插的玫瑰花也很寒酸。這時的她，覺得自己看起來就像個鄉下人。

一旁身穿粉色絲綢禮服的胖女人，隔著眼鏡沒禮貌的打量著安妮；另一個穿白色花邊禮服的高瘦女孩，則用慵懶的口音和鄰座說什麼農人呀、鄉下人的女兒等話，聽來格外刺耳。

更倒楣的是，在安妮之前有位專業演說家表演，觀眾都被她征服了。

正當安妮心煩氣躁時，忽然聽見臺上有人叫著她名字。她僵硬的走上臺，胸口「噗通、噗通」的跳，緊張到一句話都說不出來，很想從舞臺上逃走。忽然，坐在觀眾席的基爾伯特映入她眼簾。

基爾伯特談笑風生的樣子，好像在嘲笑她。安妮告訴自己，在他面前，絕對不能失敗！她深吸一口氣後開始朗誦，於是清脆美妙的聲音響徹了大廳的每個角落。

朗誦完畢後，觀眾席上響起如雷的掌聲，安妮走回座位，穿粉色禮服的胖女人感動的拉住她的手，專業演說家伊凡斯夫人也稱讚她擁有迷人的嗓音。此時的安妮真心覺得，自己擁有的比任何一位穿戴鑽石的貴婦還富有呢。

接下來三個星期，安妮開始為入學做準備，馬修兄妹也沒閒著。馬修一口氣買了許多件漂亮的衣服給安妮，而瑪麗拉不但沒反對，還請人替她縫製了一件綠色百褶裙晚禮服。收到禮服的當天晚上，安妮特地穿上它在馬修兄妹面前朗誦〈少女的誓言〉這首詩。

瑪麗拉望著舉止高雅的安妮，想起她剛到綠屋的情景。不過短短幾年，安妮已經從那個穿著破舊、個性古怪的孩子，蛻變成一位自信、美麗的少女，出色的表現更是令人感到驕傲。想到這裡，瑪麗拉不禁熱淚盈眶。

「瑪麗拉，我朗誦的詩讓您感動得掉淚嗎？」安妮彎下腰，在瑪麗拉的臉頰上輕輕一吻。

「才不是呢！我只是想起你剛來時的樣子，再想到你就快離開了，突然感覺心裡空盪盪的，很難受。」

「喔！瑪麗拉，不管我去哪裡，我還是你心裡的小安妮，我一定會讓您和馬修在綠屋幸福的生活下去。」安妮把臉貼在瑪麗拉滿是皺紋的臉上，將手搭在馬修的肩膀上。

進城就讀皇后學院後，安妮接受史黛西老師的建議，選讀兩年制的課程。當她和五十多名新生一起走進教室，才發現她只認識基爾伯特。也幸好有基爾伯特在，安妮才不至於在新環境感到手足無措，因為她仍然可以把基爾伯特視為競爭對手。

剛到陌生環境時，安妮一想家就哭，不過她很快就適應了住校生活，還認識許多志趣相投的朋友，加上每的週末都能回家，思鄉之情也就慢慢變淡，於是她開始把全部精神花在讀書和獎學金的爭取上。

另外，安妮對基爾伯特的印象，已經不像過去那麼討厭了，安妮甚至想過，如果能和他成為朋友，這樣不是很好嗎？

到了公布獎學金得主的日子，臉色蒼白的安妮和珍妮一起去看公告。學院大廳裡擠滿了男同學，他們抬起基爾伯特，大喊：「基爾伯特太棒了！」

安妮只覺得眼前一片黑，心想自己還是敗給基爾伯特了！但下一秒，不曉得是誰喊了一聲：「為艾弗里獎學金的得主——雪莉小姐——歡呼！」所有女同學突然都圍著安妮歡呼起來。

不久，安妮以優異的成績從皇后學院畢業。

馬修兄妹參加畢業典禮時，神情專注的看著臺上穿著淡綠色裙子、高聲朗讀著優美散文的安妮。聽見大家都在討論獲得艾弗里獎學金的安妮，一直沒開口的馬修對瑪麗拉說：「我們收留安妮，真是做對了。」

「是啊！我已經這麼想過很多次了。」

這晚，安妮和馬修兄妹一起返回綠屋。第二天吃早餐時，安妮發現馬修的精神大不如前，臉色也很難看。

「馬修的身體還好吧？」安妮問瑪麗拉。

「不太好，他的心臟一直不舒服，不過你一回來，他又有精神了。你知道亞比銀行的事嗎？」

「聽說情況非常糟糕，怎麼了嗎？」

「我們把錢全都存在那家銀行裡，正考慮要不要領出來。」

傍晚，安妮陪馬修把牛從牧場趕回家。安妮難過的說：「如果我是個男孩，就能幫您分擔一些工作。」

「得到獎學金的可不是男孩子，是我們家的安妮呢。」馬修欣慰的笑著。

沒想到，這是安妮最後看到的笑容！

隔天，馬修手裡拿著一張報紙，倒臥在門廊出入口，安妮和瑪麗拉發現時，他早已斷氣。後來聽醫生說，馬修應該是看到報紙刊登亞比銀行破產的消息，受到刺激才心臟病發辭世。

馬修去世的消息很快傳開，綠屋裡擠滿慰問的人。黛安娜提議要留下來過夜陪伴安妮，不過被婉拒了。

半夜裡，安妮醒過來。彷彿聽見馬修隱隱約約在說：「安妮是我們家的孩子啊！安妮真讓我感到自豪。」

這時，安妮終於忍不住放聲大哭。瑪麗拉聽見哭聲，走進房間，真情流露的說：「雖然馬修離開了我們，但還有我需要你呀！我早就把你當成親骨肉，從你來到綠屋那一天，我就非常喜歡你。」

馬修出殯後，綠屋很快恢復了以前的生活。安妮發現瑪麗拉視力越來越差，而且她還打算賣掉綠屋！

經過一番思考，安妮作出了決定，她對瑪麗拉說：「瑪麗拉，我決定不去上大學了，我要當老師，雖然我聽說這裡的學校已經決定聘請基爾伯特，但我可以到鄰近的學校教書，絕對不會丟下你一個人。」

安妮志願留在家鄉執教的消息很快就傳開。基爾伯特聽說後，決定讓出教職，選擇到比較遠的地方任教。

這天，安妮在路上和基爾伯特不期而遇。

「基爾伯特，非常感謝你為我做的犧牲，我想讓你知道，我真的很感激你。」安妮臉紅的說。

「安妮，以前的事你能原諒我嗎？我們可以重新當朋友嗎？」基爾伯特握住安妮的手。

「那件事我已經不在意了。」

「太好了！從今以後，就讓我們成為好朋友吧！我們可以互相幫忙，現在就讓我送你回家吧！」

經過這麼多年，兩人終於和好了。

安妮一回到家，瑪麗拉就問她剛剛送她到門口的人是誰。

「是基爾伯特．布萊斯。」安妮才剛說出口，就突然臉紅了起來，「我在回來的路上碰見他。」

「我看你們站在門口聊了三十多分鐘，你們是什麼時候和好的？」瑪麗拉說著，臉上露出了會心的微笑。

「有這麼久嗎？我感覺只有二、三分鐘呢！」安妮說完，臉看起來又更紅了。

這天晚上，安妮坐在窗邊沉思，心想，儘管前方的道路不會永遠平順，但是有上帝保佑，這世界一切都會是美好的。

安妮的蛻變

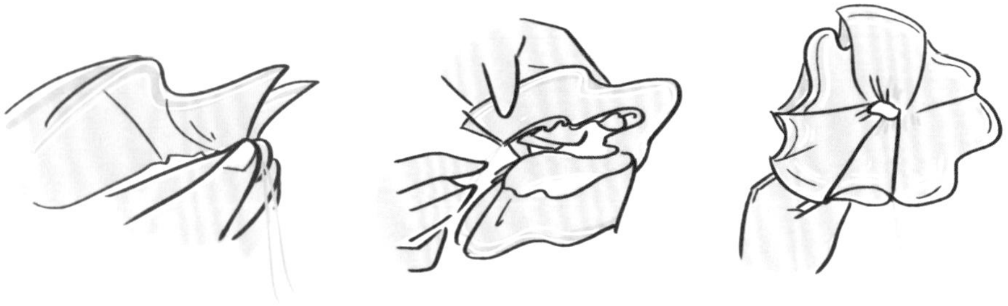

3 將兩端細繩往後拉，繩子拉最後，緞帶會變成一朵花的樣子，而且中間留有一個小洞。接著將繩子打死結，並剪掉多餘的線（ ）

◎ 線不要剪得太靠近打結處，以免結鬆掉了。

4 將玫瑰花插進洞中。

5 利用玫瑰花的梗，將玫瑰花、緞帶綁在髮圈打結處。

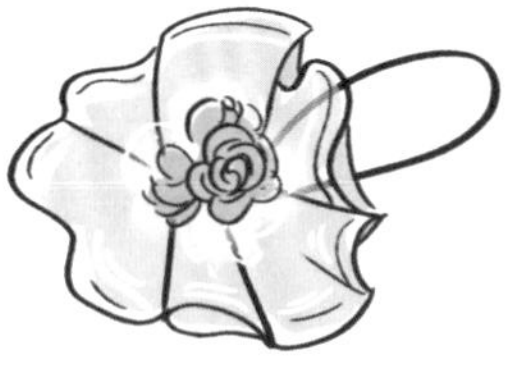

6 稍微調整一下，一個專屬自己的漂亮髮圈就完成了。

☆注意：玫瑰花梗部分，裡面包的是鐵絲，在纏繞和使用時要小心喔。

DIY真有趣

漂亮髮圈自己做

材料

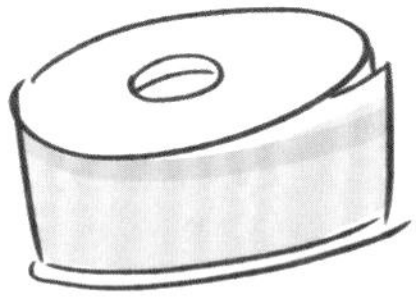

手拉花緞帶
（長度視設計需求裁剪，這裡是40公分。）
1條

帶梗的人造玫瑰花
3朵

有結的素色髮圈
1條

作法

1 將三朵玫瑰花的綠色梗纏繞起來。

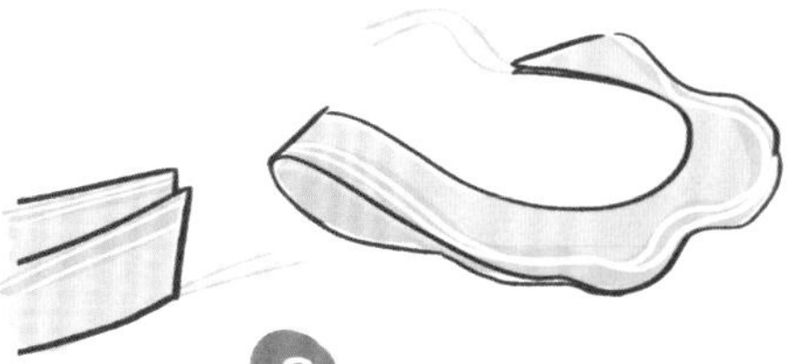

2 將手拉花緞帶剪出所需的長度後對摺，再將兩端細繩抽出。

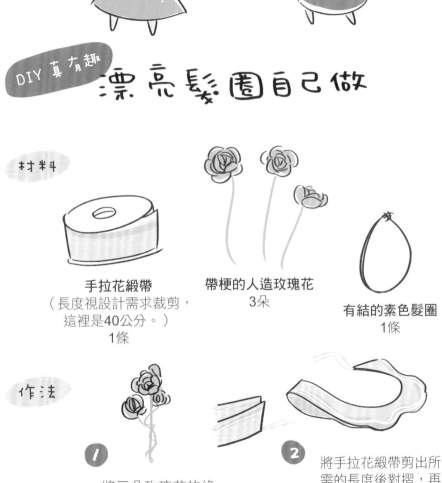

國家圖書館出版品預行編目資料

清秀佳人 / 露西.莫德.蒙格瑪麗 (Lucy Maud Montgomery) 著 ;
王加加編著. -- 初版. -- 新北市 :
悅樂文化館出版 : 悅智文化發行, 2018.08
160面 ;17×23公分. -- (珍愛名著選 ; 1)
譯自 : Anne of Green Gables
ISBN 978-986-96675-1-7(平裝)

885.357　　107010232

珍愛名著選 1

清秀佳人 Anne of Green Gables

作　　者　露西・莫德・蒙格瑪麗
Lucy Maud Montgomery
編　　著　王加加
插　　畫　Niksharon

總 編 輯　徐昱
主　　編　黃谷光
編　　輯　雨霓・巫芷紜
封面設計　季曉彤
執行美編　洸譜創意設計股份有限公司
出 版 者　悅樂文化館

發 行 者　悅智文化事業有限公司
地　　址　新北市板橋區板新路206號3樓
電　　話　02-8952-4078
傳　　真　02-8952-4084
電子郵件　insightndelight@gmail.com
粉絲專頁　www.facebook.com/insightndelight

戶　　名　悅智文化事業有限公司
郵政劃撥帳號　19452608

2018年08月初版一刷　定價280元

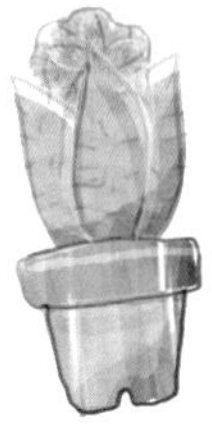